海穹英雄传 9 之海

HAIQIONG YINGCI ZHUAN

李伍薰　著

希望出版社

图书在版编目（CIP）数据

海穹英雌传.3,苍生之海 / 李伍薰著.—太原：希望出版社，2015.9
（2022.3 重印）
（"沸点"科幻丛书）
ISBN 978-7-5379-7087-7

Ⅰ.①海… Ⅱ.①李… Ⅲ.①科学幻想小说－中国－
当代 Ⅳ.①I247.5

中国版本图书馆 CIP 数据核字（2015）第 210036 号

沸点科幻丛书
海穹英雌传·苍生之海

李伍薰　著

出 版 人	王 琦
选题策划	杨建云　赵国珍
责任编辑	赵晓旭
复　　审	翟丽莎
终　　审	杨建云
装帧设计	陈东升

出　版	山西出版传媒集团·希望出版社	地　址	山西省太原市建设南路 21 号
开　本	720mm×1010mm　1/16	印　刷	三河市金兆印刷装订有限公司
印　张	15	版　次	2015 年 9 月第 1 版
印　数	5501-10500 册	印　次	2022 年 3 月第 3 次印刷
标准书号	ISBN 978-7-5379-7087-7	定　价	29.50 元

编辑热线　0351-4922124
发行热线　0351-4123120　4156603

思想的沸点

代序

吴 岩

北京师范大学教授,世界华人科幻协会会长

沸点是物质的相变点,意味着物质性质将发生彻底改变。

中国的科幻文学在新世纪已经到达了相变点,这样,希望出版社的"沸点"丛书应运而生。

有关新世纪科幻文学的特点,我觉得大抵不会离开后现代、全球化、市场经济、消费主义等一些对当前社会进行描述的现象的影响,但这其中,科学技术改变了未来跟现实的力量对比,把原本漂浮在时间前方的一种可能与渴望,变成了此时此地的冲撞性遭遇。2001 年的"9·11 事件",让整个世界反思,当人们信誓旦旦地谈论科学战胜宗教带来有希望未来的同时,人类的思想现状和社会现状并未发生根本性的改变,世界范围内的发展不均衡和对帝国主义的反抗,能达到使人惊悚的真实效果。而2011年日本"3·11地震",把大自然的诡异灵动跟人类开发原子能的努力相互联系,再度给人们敲响了警钟。近年来,大家所关注的转移因作物、干细胞研究、3D打印技术、甚至谷歌眼镜,也都各尽所能且前所未有地让种种不清晰的未来凶猛地嵌入我们的生活。今天,任何人走进医院,都会发现成百上千种前所未见的药物正在伺机投向我们的机体,而媒体技术的创新与改进,早已让信息超载的当代人类的心灵更加失调……我们正在跟未来冲撞,但未来的冲量和更多动力学特征,都还没有被彻底研究和解释。

即便是科幻文学这种文类,也正在面临诸多的考验。早在2007年我就在《文艺报》跟韩松和刘秀娟的一次对话中谈到,作为一种能够良好处理20世纪上中叶人与科技关系的理想的文学类型,科幻小说在21世纪正面临着全面的危机。摆在作家面前的是彻底改变了位置的未来,它像猛兽一样正一爪一爪地近距离刨向我们。当未来学家面对未来束手无策,当未来的冲撞重创我们每个人的时候,科幻文学只能寻找一种革新自己、以便继续生存的方法。这种革新,一方面要协助人类度过未来的冲击;另一方面,则要彻底拯救文类自身的存在。

不单单是中国作家看到了科幻的危机和未来的危机，在美国、日本和更多国家，现实和文学的双重危机也激发着所有深陷其中的从业者和爱好者思考与拼搏。最近几年，我到东西方参加科幻会议的时候，都会发现一个有趣的论题，就是如何利用科幻作品进行学校教育。参加这种讨论的人包括作家、教师、图书管理员和出版人，他们的目标只有一个，要在一个高速变化的时代给青年人以新的未来承受力。而这其中，我觉得最重要的努力，会来自作家。毕竟，教师、出版人、图书管理员在没有合适作品的状态下，无法作出有价值的工作。

令人兴奋的是，跟我一样对当前的世界变革与科幻变革具有敏感性的中国作家还有很多。大家熟知的刘慈欣和韩松，都通过邮件或面对面谈话，跟我讨论过相关的话题。而更多作家则用他们自己的作品来展示他们的思考。"沸点"丛书可以说是这种思考的结晶。

与"奇点"丛书不同，"沸点"丛书的作者都已经是中国科幻领域中具有深度影响力的作家，他们通过自己的思考和创作实践，敏锐地抓住现实与未来的关键特征，通过神秘而吸引人的故事，期待把这些有关未来的思考传递出来，给更多读者疗伤或免疫。

我觉得这套丛书有以下三个特点。

首先，它们来源很广。北方与南方、海峡的两岸……从不同方位不同角度不同社会状态下去观察未来，会提供多种可能的差异性解决方案。中国太过幅员辽阔,任何一个地区性的问题,在另一个地区都会改变模样,而生活在不同区域的作者所提供的差异巨大的解决方案,将丰富整个人类文化的视野,丰富人类选择的方式。

其次,它们积淀深厚。由于"沸点"丛书选择的都是已经在科幻行业中具有影响力的作者,从他们的多年思考中,能看到他们对许多问题的超前意识与深度反应。而这才是面对未来冲击的宝贵财富。阅读他们的作品,你能跟随他们一起让思想沸腾。

第三,它们关注全球化问题。如果说科幻作家在一百年前还可以偏居于狭小的世界,仅仅谈论资本主义或共产主义的各自未来,那么在今天,他必须对互联网、高速交通工具、全球股市、海洋污染、大气变化等建立起足够的框架,才能让读者从中领略真实。科幻作家是真实的创立者,更是真实的建构者和毁灭者。

恰恰是在上述三个特点的吸引下我阅读了"沸点"丛书的大部分作品。我向读者推荐这些作品,更期待读者就此跟作者进行讨论,对话,反馈,如果说未来正在伤害我们,且这种伤害是大范围的,那我们就必须通过集体治疗去消除伤害。

在微生物的存在未被发现之前,人类不懂得如何面对传染病的威胁。而微生物的发现和一系列连带的科研成果，使人认识到沸腾的重要作用。我觉得"沸点"丛书的最重要的价值是搭建了一个有价值的平台，在这个平台上，期待更多已经在文坛展露头脚的作家烘焙自己，让自己的创作走向沸点。

是为序。

于北京师范大学教育学部

科幻与创意教育研究中心

2013 年 8 月 27 日

创作感言
献给加拉巴戈

李伍薰

这个故事的开始，可以从2001年的秋季说起。

那年我刚进入台湾大学渔业科学研究所就读，有门必修课《渔业科学特论》，是由所里的老师们轮流主讲，每周分别就一个与渔业相关的主题进行概略性的介绍。从法规、渔具、鱼市场、早期胚胎发育、海洋生物多样性的存续、鲨的保育一直讲到我所主修的斑马鱼分子生物学，课程多元而充实。

某一周的主题是《海洋资源》。这题目乍听之下不怎么有趣，岂料，上课时，老师在投影幕上投射出大洋性洄游鱼类。我凝视着黑鲔鱼(蓝鳍金枪鱼)、黄鳍鲔等鱼种野性而优雅的身影时，一个前所未有的概念突然在我脑海里浮现——有没有一个种族能够终日栖息在海面，追逐着潮流和鱼群生活呢？

后来老师继续在课堂上讲解海洋资源，我却已无法专心，只因一种崭新的生活方式、一个创新民族的架构已经在我脑海里孵化，并且壮阔地开演。与此同时，我突然想起了儿时曾阅读的《小牛顿》杂志第21期，当期所刊载的主题是位于南太平洋、隶属于厄瓜多尔的火山岛屿——加拉巴戈群岛。19世纪中叶,查尔斯·达尔文搭乘"小猎犬"号在此靠岸,详细观察了当地的多种生物形态后,归纳出震撼世界的"演化论"。(虽然大陆多用"进化论"这个名词,但我觉得"演化"比"进化"更能够忠实诠释Evolution这个名词的原始含意。)

日后,这个群岛成为我心中的圣地,不仅因为这里是达尔文曾逗留之处,更因为这里有着全球绝无仅有的海鬣蜥与奇特的生态体系。(虽然我起初比较喜欢厚重的象龟。)它们长满鬣的颅颈,抵着的厚厚唇鳞,看似凶恶又憨厚的身影开始在我脑海里游动起来,它们摆动尾巴的模样多么像拥有智慧、拿着鱼叉在汪洋中巡逻的海洋民族呀!于是,歌瓦的形象在我脑海中鲜明了,并且成了支撑这个幻想世界不可或缺的支柱。

这部以海鬣蜥演化而来的智慧物种"歌瓦"为主角的《海穹英雌传》,献给我年幼时的震撼,献给加拉巴戈,也献给达尔文。希望我能跳脱人类及陆地本位主义的束缚,勾勒出栩栩如生的崭新世界,营造出引人入胜的异界风情。"海穹"系列正是想要呈献给您众多故事的开端。我愿以键盘为笔,以文字捕捉脑中幻象的余影,努力地画出一幅幅异世界的素描!

我想要回归创作原点,为华文世界书写一卷崭新的海洋史诗。

坚持独特创意,这是我想继续走下去的路!

极 光 之 洋

涬里帖勒

索吾仑

柔兰巴托

伊犁布楚

西叙亚大陆

瓦尔大陆

玛莲恩

厄尔斑尼岛

爱顿堡

约翰走路堡

优格梭里

白沙岛

目录 CONTENTS

第一章

怒涛将至

　　纪元前五万六千年前的波勒坦地区，广为流传着的叙事长诗《摩尔苏希迁徙记》里，曾经提及驶往大海东方和南方的类似鲸的红帆大船，足见在那个啤酒和面包刚被发明的年代，诞生于奶河与蜜河两大流域间肥沃黄土地上的古老城邦，已拥有了制造跨洋巨舰的能力。

　　尽管这个证据的提出，暗示着横跨大洋的远程航行的起始时间，很可能与已知的《近岸航行法》同样古老，但众所皆知：在罗盘发明和"蓝祸"结束以前，陆地民族无法横越大洋，必须依赖骑着蛟龙的海洋游猎民作为向导和戍卫。据闻，游猎民巫医仰望天上的星辰就知道明天的风向，嗅着吻端前飘过的海风便知道飓风要把灾难卷到哪里，把指爪伸进海水就明白浪潮来自何方。这是陆地人和陆地歌瓦无从学习的一种本能,也因此,在历史上的大部分年代里,进行远洋航行的船只周遭必定有游猎民,甲板上必定居住着对气候敏感的鸟人……

——国际同盟教育文物委员会《世界通史略》

第一节
追寻者的踪迹

航行,在初春的海面上。

五艘巨型商船纵队排列着。即使逆着风,水手们依旧能熟练地操作桅帆,再搭配上舵的使用,便能让巨船沿着闪电状的路径逆风航行。

这是万里晴空的一日,船队驶离港都玛莲恩的第八天。所有帆船中体积最庞大的那一艘的甲板上竖着五根巨大的桅杆。假使把平静的海面比作青葱的原野,那么船壁便是高耸的城墙。虽然这座海上城堡给予观者一种坚固无比的印象,可惜海上风暴还是能够毫不费力地将它捏个粉碎。

一个歌瓦水手攀到主桅杆顶端的瞭望台,举掌遮住刺眼的阳光,望着蔚蓝天空仿佛在搜寻什么。不久,远处天际出现一个黑点,慢慢地,黑影便扩展成了一双盘旋着的翅膀。

"唉哟！好家伙，总算回来了。"歌瓦水手喃喃自语，抱着桅杆一溜烟地滑降到中间，再攀着一条绳索荡落在甲板上，随即喊道，"'海雕'回来啦！喂，'海雕'回来啦！"

歌瓦水手尖细的声音还没落下，已有几名水手也跟着他跑向船首。

天边盘旋着的那对巨大翅膀逐渐减缓速度，绕着优雅的弧线接近船身，最后才慢慢收拢，一个鸟人缓缓降落在船首甲板上。这个叫作海雕的鸟人果如其名，虽然个子比男人还要矮上一截，但肩背上那对翅膀就像海雕一般，伸展开来足足有十二个人并排站着那么宽。

海雕顶着蓬松的灰色头发，身躯倚靠在桅杆上，慢条斯理地梳理着羽毛。这时一个歌瓦水手忙问道："怎么样？在这附近看见暴风的影子了吗？"

"没！"海雕优哉游哉地梳理着翅膀上的飞羽，头也不抬地回答，"你们没看见我今天飞得特别低，又特别慢吗，就是因为天气好得很哪，所以我才得花这么大力气拼命飞上去。光嗅这海风的味道，就知道不会有暴风啦，就连信天翁①的羽毛也没看见半根……"

---

①信天翁拥有很大的翼展比，翅膀又平又直，适合长时间、长距离的翱翔，甚至能在飞行中睡眠。它们喜好盘旋在气流不稳定的高空，利用空气对流所产生的升力进行不耗力的盘旋飞行。航行于海面上的船只畏惧风浪，而信天翁所在之处，却往往代表着风暴将至，因此航海习俗中往往将看见信天翁视作不祥的征兆。

"嘘！别说那个词！"一个人类水手忙喊道，满脸气急败坏地斥责鸟人，"别再让我听到死神的名字，我们可不像你有对翅膀，开不起这种玩笑！"

"哪个词？"海雕眯着亮黄色的双眼，过了好一会儿才恍然大悟道，"原来是'信天翁'啊，我还以为……"

"呸！呸！呸！叫你别说了，听不懂吗？"人类水手握紧了拳，就要朝着海雕挥出，"你这只乌鸦嘴鸟人，想挨老子一顿揍是不是？"其余水手，不论歌瓦还是人类也全都面露惊骇神色，愠怒地瞪着海雕。

"好吧好吧，我不说便是了。"海雕也竖起了浓密的白眉毛，锐利的目光毫不犹豫地向周遭扫视一圈，驱退了这些不友善的目光。

"不过是单纯的不稳定气流所带来的鸟罢了，真不知道你们这些人类和歌瓦到底在怕些什么？怕一种海鸟？"

"你……"人类水手就要一拳挥出，却被另两名歌瓦水手给架住。

这时一个肥胖的雌歌瓦听见骚动，拖着丰腴却沉重的长尾巴从船舱中走了出来："法布理奇，海雕毕竟是船长请来的免费观测者，这趟横越大洋的危险航行需要鸟人的地方还多着呢！不想碰到风暴的话，就别伤害这位长着翅膀的朋友！"

"可是，虹鳟水手长，他说了那个禁忌的词，难道……"法布理奇咬着牙，指着海雕急欲辩驳。海雕则吹着口哨继续整理羽毛，他的颈背上披着浓密的褐羽，胸膛比人类厚实许多，从虹鳟水手长的角度望去，显得威风凛凛。水手长多年的历练告诉他,拥有猛禽名号的鸟人,绝非浪得虚名的泛泛之辈。

于是虹鳟张开饱含脂肪而圆鼓鼓的下巴,对人类水手喝道:"够了!干你的活去吧,别再跟我抗辩,舱里的那些商旅大爷们可不是出钱来听咱们这些水手吵架的!"虹鳟伸着指爪抠着下巴细鳞,眼角不经意地从窗户瞥进船舱内,恰好有几个商旅好奇地望向此处——三个歌瓦、四个人类,还有两个孤僻的多兰[②]。虹鳟没好气地瞄了一眼多兰有两个瞳孔的眼睛,恰好与多兰冷

[②]多兰最为显著的特征,便是他们每只眼睛里都拥有两个瞳孔、稀少的毛发以及蓝色的皮肤。根据可信的考古文献记载,他们约略在十六万年前搭着星空殖民者的星船来到这个星球。他们族群虽少,却始终与星空殖民者保持良好的关系。在混沌年代开始的时候,部分多兰来不及登上星船,便在西叙亚大陆上建立"隆多"、"朱卡"这两个国家,以纪念他们远在另一个超星系团的故乡。关于他们的族群根源,现今保存在隆多城邦联的六眼纹博物馆内、保存良好的星空时代文书《双瞳迁徙表》中是这样记载的:他们早在数百亿年前,便在双恒星星系当中完成了演化,并在宇宙各处殖民。多兰的外在形态与生活形态大略介于爬虫纲兽弓类与哺乳类单孔目之间,类似最原始的卵生哺乳动物。但其细部生理结构却与现在的核酸生物大相径庭,甚至在脱氧核糖核酸分子的遗传密码编排、解读上,与最原始的原核生物都无法兼容。在那颗拥有两个太阳的远古行星上(或许与双瞳孔的出现有关),演化的趋势使他们发展出类似现生生物的形貌,但在血缘上,他们与人类的关联性,远低于我们与细菌之间的关联性。他们天生理性而冷静,不好纷争,情绪波动幅度也不像其他智能物种那么大,这导致他们对外在事物的改变呈现出一种冷漠的态度,因而容易被其他物种误会。再加上欠缺接触了解,因而从本星上古时期开始,多兰便常遭受其他文明刻意的歧视与贬低,被指责为孤僻、狡猾,但事实上他们不仅不自私,甚至远比我们想象中要来得感性。自上世纪以来,由于各种族之间的了解逐渐深入,大多数民族对多兰的印象已经逐渐改观。

静的四道目光相视,顿时不自在的感觉便涌入心中。

"又是这样,面无表情的孤僻者。"她厌恶这种仿佛能看透她思绪的眼神,尤其是两只眼睛里的四个瞳孔,更让这位中年雌歌瓦感到浑身不对劲儿。即使在这艘船上待了五十年,她对这个蓝皮肤种族的隔阂感还是半点儿也没有消失,她不喜欢多兰超然理性的态度。

"算了吧,毕竟出钱的是老大。"虹鳟无法否定多兰赚钱的才能,只得暗自鼻孔喷气,扭过头,竖起颅颈上稀疏的鬣棘,粗鲁地支开围在甲板上的水手,然后摇摇摆摆地领着海雕去见船长。海雕悠闲地跟在她后头,自顾自地理着飞羽,也不太搭她的腔。事实上虹鳟也跟那些水手一样想狠狠揍这个轻佻的鸟人一顿,不过当想到这是横越海洋的远程航行,需要鸟人协助时,她也只好颓丧地松开拳头。

"想要横渡海洋实在太难了!"虹鳟禁不住这么想着,不但要特别注意天气状况,花更多的钱聘请鸟人,还得支付更多的酬劳给船舱外的那些家伙——那群骑着蛟龙、举着弓与矛的歌瓦同类,那群穷凶极恶的海洋游猎民!

"为什么咱们必须要忍受游猎民的剥削呢?她们根本就是海盗!"虹鳟只能在心底小声抗议。事实上,海洋上的局势令这些来自陆地的商船别无选择。

被剥削或被劫掠,两者只能择其一的话,商旅们多半还是选择前者。毕竟只要手段高明的话,总还是有赚头的!这就是通商者强韧的生命力,这就是他们引以为傲的求生本领。

费柴将手肘靠在窗沿上,以手掌撑着自己的脑袋瓜儿望着才离去的鸟人背影。列着整齐飞羽的棕色巨翼,令她联想起自己第一次见到鸟人的情景:那个名叫绿蓑鹭的鸟人少年翩然降落在优格梭里街角,优雅地朝自己与察理、青鳉走来,递给察理一卷羊皮纸信,而所有的故事,也就是从这封信开始的……

"喂,费柴,你斜睇着眼睛在发什么呆呀?还是……甲板上有哪只纤细可爱的雄歌瓦吸引了你的注意力?"青鳉拍了费柴的肩头一下,琥珀色的眼珠骨碌碌地转着,露出不怀好意的笑。

"不是啦,刚刚从甲板上走过去的……"费柴才一开口,青鳉便带着笑意抢话:"这样子可不行哦,你今年只有二十二岁,还没办法生小蜥呢!即使勾搭上了哪个雄歌瓦,也还是得等个好几年哪!不要急,不要急!"

"不是这样好不好?我才不像你们雄蜥那么好色哩!瞧你边说边笑的模样,我才觉得你是看上了哪个粗尾巴的雌歌瓦,想上前去搭讪呢!当心哪,不是所有的雌蜥都像我脾气这么好,就你这种说话的态度,要被那些大姊给打折腰了,我可不管哪!"

"你……你说什么?"受了费柴的反唇相讥,青鳉不甘示弱地准备继续斗嘴，这时却有一位棕发男人走了过来，分别把双手搭在两位歌瓦朋友的肩上，问道："什么事情值得我的两位佣兵保镖如此兴高采烈地讨论呢？"

青鳞淘气地回过头，答道："啊，察理，费柴刚刚不知道看上了哪个雄蜥水手……"

"别听青鳞胡扯。我是看着刚刚走过去的那个鸟人，想起了造访优格梭里的那位鸟人信差——绿蓑鹭，你们还记得吗？"

"当然啰，那可是咱们首次跟鸟人说话呢。"察理弥漫着回忆的眼神中掠过一丝神采，"都过去好几年了，不是吗？"

"嗯，将近五年半。"青鳞也被这话题吸引住了，收敛起淘气嬉戏的神态，"如果再加上那封信之前的时间，博尔兀离开优格梭里也将近七年了。"

费柴听见这个数字，不禁有感而发："是啊，七年了！七年，时间过得比我们想象的快多了。才一眨眼，我们都不再是小蜥儿、小孩子了。"

的确，当初漫游在优格梭里近郊的那伙朋友们，全都长大了。费柴不再是游手好闲的莽撞小雌蜥了，她尾随着祖母和母亲、阿姨的爪印，在火炉旁挥着锤，击着砧，终于成为一位满身技艺的打铁者。向来油嘴滑舌的察理跟随父亲出外经商、长年游历各地，也在今年获准独立经商，过起了耍嘴皮子的商旅生活。青鳞由于个性强悍，暂时找不着愿意将他赘回家的雌歌瓦，在空闲待赘的日子里学了些乐器，也跟着英雌殿③的司祭学了些吟唱咒语……

不知不觉，七年就过去了。

费柴回忆着过去的点点滴滴，不禁伸手摸了摸腰际的薄铁片——那把依自己手掌打造的匕首，暗想：或许，将来可以为博尔兀量身定做一件武器，可是……

"不知道博尔兀现在过得怎么样？七年了，她还在海上闯荡吗？"青鳞的语调隐含着关切，点出了他们三个共同的思念。

"唉！找得到她吗？"费柴无奈地叹了口气，"如果我们还住在优格梭里，或许还有机会再次收到博尔兀的信，然而我们现在也离开了那座城市，踏上自己的旅途，想在这茫茫世间寻找一个音讯全无的歌瓦，机会实在太渺茫了，能不能碰到，就得看众神们是否庇佑了……"

紧接而来的是无言的静默，他们各自坐在椅子上观望四周。费柴一转过头，发现邻桌的两位蓝皮肤多兰商旅正兴致盎然地打量着自己，那些冷静的

③英雌殿是猁卢镕教最贴近歌瓦平民生活的基层组织，主要依靠当地居民自愿性的奉献维持开销，司祭是这个基层组织的管理者与营运者，主要负责为居民主持当地祭典、娱乐、医疗、孩童基础教育等公共性事务。雄雌皆能成为英雌殿司祭，在职权上完全平等。司祭幼时多半是各地的弃婴或孤女，被英雌殿当地司祭养育长大至少年期，再送至各神殿接受高等教育；完成课业后她们多半选择回归乡里的英雌殿服务，少数资质优异者则有机会被年长者提拔至较高阶的神殿等机构任职。

目光真让她有些受不了。跟着察理出外经商之后，她才逐渐了解到，商场是多兰的天下，商船的船主有半数以上都是这个不信神的物种。多兰以他们的智慧，开拓出条条通往巨富的道路，即使他们因缺乏宗教信仰与孤僻的天性而在大陆上备受歧视，但是，在精打细算这方面，他们确实有众所不及的一套。

"慢着，或许咱们没必要这么悲观。"突然，察理抬起头，叫道，"我有一个好主意！"

"什么主意？"青鳞问。

"青鳞、费柴，你们跟我来。"察理兴高采烈地起身，拉开舱门踏入甲板，走到一处船舷。午后的斜阳恰好被巨大的帆桅挡住，察理将身子倚在船沿，享受着迎面吹来的凉爽海风。

"怎么回事啊，察理？"青鳞急切地问道，"你不是说有什么好办法吗？"

"没错，你们看那里，我都几乎忘了还有她们。"察理指着依序散布在船边的那些提缰持矛的海上骑兵，"你们两个是头一次出海搭船，应该还没碰上过她们。"那些海骑听见船舷边缘的喧闹声，纷纷回头冷冷地望了几眼，在确认只是船上的商旅后，便又回过头去继续巡哨。

"你是说那些骑着怪鱼的歌瓦护卫吗？"青鳞望着那些歌瓦同类，怀疑地问，"她们不过就是商船的护卫群嘛，似乎不太愿意搭理咱们，有啥能帮得上忙的？"

"不，那可不是咱们商旅自愿雇用的护卫，她们是博尔兀所出身的海洋游猎民，海洋上的游牧民族；还有，她们骑的不是怪鱼，而是一种叫作蛟龙的海生大蜥蜴。本船在海上的安全就是由她们负责的。"

"可是，你刚刚说那并非商旅们自愿聘雇的，这又是怎么一回事呢？"费柴眨眨下眼皮，疑惑地问道。

"嘿嘿，这个你们就有所不知喽。"察理神秘兮兮地解释道，"这也是老爸告诉我的，游猎民天生就居住在海上，骑着蛟龙纵横七海，她们可是群杀人不眨眼的海盗！航行在海洋上的商船，几乎都免不了遭到她们的劫掠屠杀，因此几百年前，有很长一段时间，几乎没有商旅敢出海。即使少部分船有军舰保护，但陆地上的民族面对游猎民水面上下的同时攻击，也毫无招架之力。就算能击退游猎民，军舰也多半损伤惨重。商旅们掐着指头一算，发现贸易所得根本无力支撑成本，因此后来连武装船队都很少出海了……"

"这中间必定有什么改变。"费柴听着察理的描述，凝视着那些游猎民，脑中幻想着她们大开杀戒的模样。

"没错！这全拜冷静的多兰商旅所赐。"察理继续说下去，"多兰商旅终究比人类和歌瓦更能理智地判断局势，他们利用没有商船出海的期间，对海洋游猎民展开研究，就像某句多兰俗谚所说：'在客人掏钱之前，得先要让他们把心掏给你。'心思敏锐的他们很快就有了个新发现。"说到这里，察理闭上了嘴巴，等着费柴和青鳞进一步发问。

费柴咧着嘴笑道:"这个故事听起来很棒,继续说吧。嘿,我知道你在等我们开口追问。"

察理耸了耸肩,继续说道:"多兰们发现,海洋游猎民并没有组成国家,而是分成许多个部族,彼此争战不休。因此他们很快便利用了这个特点,将每艘船载运货物的五分之一提供给某个部族的海洋游猎民,利用她们抵御来自其他异族游猎民的侵扰。换而言之,就是交点'保护费'……"察理顿了顿,继续说道,"几经尝试后,越来越多的商旅开始效仿这个方法,分别寻找不同部族的游猎民来担任船只护卫。此后,海上贸易也开始复苏,商船与游猎民之间乃至游猎民各部族间也逐渐衍生出了默契——除非彼此开战的部族,否则游猎民不会掠夺其他部族所保护的商船。后来这种合作关系更加密切,在游猎民的指引下,商船开始能够进行穿越大洋的航行。而在此之前,所有陆地国家的船只,只能够沿着海岸线航行……"

"所以由此推测……"费柴沉思道,"这艘船旁边的那些游猎民护卫,很有可能认识博尔兀喽?"

"没错,我就是这个意思。就看咱们有没有办法从这些游猎民口中套出什么线索了。"

"嗯,或许直接问她们是个不错的方式。"费柴点头,循着这个脉络进一步思索下去。她望着那些游猎民,一共有三十多名,其中三名是较壮硕的雌性,剩下的全是雄性歌瓦。

费柴问察理:"她们能听懂什么语言？"

"一般而言,她们只说海语,就是博尔兀的养母鱿勒偶尔会教我们几句的那种方言,不过,我猜想在这队护卫当中,应该至少有一两个歌瓦会说通用语才是。"察理又随即摇了摇头,"咱们应该问她们吗?还是暂时不要了。以前我搭过船长禁止商旅与游猎民交谈的船队,因为合作关系并不能掩盖海洋游猎民的残忍本质,她们终究是杀人不眨眼的海盗——以前也曾经有过几次屠船夺货的情况发生。我们该小心点才是。"

"哼,有什么好怕的？我想她们还不至于会笨到破坏交易的诚信吧？况且,由铁匠费柴、吟唱者青鳞——也就是我以及商人察理所组成的通商探险队,集合了我们三个的才智,难道还不足以应付这个状况吗？"青鳞提出了不同的意见,"我觉得咱们不妨试试看,或许并没有想象中危险。"

"我就知道你会这么说,青鳞。不过你说的对,或许咱们应该更有冒险精神才是。察理,游猎民应该属于朴实剽悍的族群吧？"费柴转头问。

"一般而言是这样啦,不过也有些城府极深的,这些你们的海上歌瓦远亲,智慧可不比咱们陆地民族差啊！我觉得应该再商议商议,不宜贸然行事……"于是,由铁匠、吟唱者与小财主所组成的简陋商队就此展开了讨论,他们很快做出决定,还是冒险尝试与游猎民接触。他们公推从商经验丰富的察理出面交涉。

"喂！游猎民朋友,那边的游猎民朋友。"察理拿着几颗椰枣,向游猎民招手。不过游猎民只是朝这里望了一眼，便又掉过头去了。

察理又使用通用语喊道："海洋的朋友们！这日晒下可辛苦紧了哪，吃个椰枣吧？"这时在最前头的那位游猎民再度转过头来，神情不耐烦地瞪着察理。这是一个雌歌瓦，长得比身后的雄歌瓦健壮挺拔，在她布满黄褐色鳞片的蜥蜴头颅左侧后系着几根又长又直的黑羽毛饰物，代表着她的地位。

她锐利的目光几乎让察理的招牌笑容僵掉，尽管他心里有些害怕，但商人的素养很快便让他脸上再度堆满笑容。

"别这么凶嘛，老姊，天顶上的火球一定晒得你们很辛苦吧？多久没喝过清凉的淡水了？赏小的一点儿面子，吃些椰枣吧。"游猎民领队"哼"了一声，比了个手势要属下们继续巡航后，便策着蛟龙来到船边，仰望着船舷旁的察理叫道："口渴了再吃椰枣岂不更渴？你这陆地上的商人岂有这么好心？定是想问些什么消息，有话快讲，别耽误老娘巡行的时间，万一这艘船不慎让其他部族给劫了④，你也没得好果子吃！"

"是，是，您说的是。"察理领受着斥责，将椰枣垂直扔给游猎民领队，"小

- -

④大多数海洋游猎民部族，都愿意接受商船财主的邀请担任护卫与向导。通常而言，有游猎民部族保护的商船，即使仅有少数海骑护卫，游猎民其余各族也都遵守不成文的约定，很少会袭击劫掠；但一旦两个部族彼此敌对、交战，那么其军队将毫无顾忌地洗劫敌对部族的商船，展现凶狠的海盗本色。

的的确想跟您打探个消息。敢问您尊姓大名？"

"我叫阔出台。你快问吧，别在那里搓手，我不吃这一套的。"

"是，是，阔出台大姊，不知您是否听闻过一个名叫博尔兀的歌瓦？"阔出台歪着头，很快便斩钉截铁地回答："没有！这名字没听过。"她转过头，望着海面，"你这啰唆的陆地人问完了吧？问完我就要走了。"说罢便要骑着蛟龙驶离船边。

"请等一等，我的好大姊啊！"察理忙道，"真的没听过这名字吗？那很可能是个浪客的名字……"

"没有！我认识的浪客，没一个叫这个名字的，我要走了，别再烦我！"阔出台很不耐烦地扯起缰绳，驾着蛟龙就要离开。这时青鳞脑中忽然灵光一闪："对了，可以从博尔兀认识的朋友着手！"他记得，博尔兀的信里曾提及她在海洋上结识一位异族好姊妹，于是他赶忙趋前大喊："那你认不认得一个叫作……叫作……栾缇……栾缇什么来着的游猎民？听说她有着一身潮水般的蓝鳞片呢……"青鳞的话还没说完，却赫然发现眼前这位游猎民的神情瞬间已由不耐烦转为惊讶。

阔出台瞪着双眼直望着他，接着青鳞的话说出了一个名字："栾缇哥那？"惊讶与愤怒同时席卷了阔出台的内心，她下意识地抚着右肩的伤疤。她永远忘不了，五年前的一天，她领着黄颔部的几个属下，追捕海洋共主蓝帝汗通缉的栾缇哥那，没想到属下却被栾缇哥那与她的同伙收拾得一干二净，连自己肩头也中了一箭，许久不能搭弓射箭。

眼前的陌生歌瓦突然提起仇敌的名字，阔出台心头的火焰登时猛烈燃烧着，她立刻联想起栾缇哥那的同伙，那个稻橙色鳞片的家伙。报仇的机会突然从眼前蹦出，阔出台小心翼翼地让自己保持冷静，然后咧着上下颚佯笑问道："等等，你们所说的博尔兀，鳞片是不是稻橙色的，还有一对紫色眼珠？"

"对啊对啊，大姊你知道她吗？"青鳞兴高采烈地上前问道。

"哦……似乎有点印象。"阔出台搔着脑勺上的鳞片，摇头晃脑地又想了想，"这个……我一时想不起来。这样吧，下午我再仔细回忆回忆，不过啊……"阔出台表现出一副欲言又止的模样。

"不过怎么啦？要钱是吧，这自然不是问题……"察理的话还没说完，阔出台便又开口道："钱倒是好说，只是咱们游猎民这副穷凶极恶的模样，哪个船客看了都会被吓得退避三舍。如果我们在光天化日之下与你们窃窃私语，难免会引起其他船客的不安，怀疑咱们正在打些什么坏主意，要引起误会可不好。因此咱们约在今夜，在船的左后弦见面，这样较不引人注目，也好商议……成不成？"

"好！深夜，左后弦，就这么说定了。"青鳞愉快地答应了阔出台的邀约，博尔兀的模糊脸孔几乎占满了他的思绪，他根本没注意阔出台反常的举止。

要是他稍微细心点审视阔出台的神情，肯定能从阔出台大笑的嘴中，发现那两排不怀好意的阴森獠牙……

第二节
柔兰巴托

如果青蓝专属于辽阔的天空，靛蓝中酝酿着汪洋的深邃，那么这块夹在海天之间的琥珀色岛屿，便是浪客纵横遨游的灵魂之乡。

在这里，能听见大翅鲸回荡悠远的长嚷，能感受到虎鲸狡猾利落的韵调，海豚与石斑嬉戏的灰影更从未离开过礁岸。浑然天成的和谐之外，还有另一种脆响能震撼、共鸣着她的心灵——那是极地角鲸的螺旋纹的洁白鲸角的互击声。

"喀啊！"

"嚯呵呵！"海面下两道互相缠绕的灰影霎时化成水面的两道白雾，紧接着从白雾中各自凌空跃出一匹蛟龙。伴随着蛟龙飞升的庞然巨躯露出海面的则是歌瓦的身影。两名歌瓦各自用一只手攀在鞍上，另一只手则将鲸角紧夹腋下，角尖直指向对方的蜥蜴头颅，直至冲击激流就要袭到对手身上，才旋即变换鲸角的方向，趁着双方在空中交错之时将两只鲸角轻轻互触，发出清脆响亮的"咔"声。

飞溅的水花尚未落入大海，蛟龙与浪客也还在海面之上。金色的阳光就这么洒在她们身上，几乎让奔驰的时间放慢了脚步。攀在绿背蛟龙身上的那位浪客满身披着黄鳞，颅后的长棘因激动而耸然挺立，紫眼珠凝视着对手的蓝眼睛，咧着的嘴角勾勒出自信的微笑。

紧接着她们落水，在海面上激起松散无序的白沫。她们在水面下调整自己的姿态，然后才骑在蛟龙颈上浮出水面。

"哈！真有你的，你这鲸角倘使换成了海骑的长矛，可随时能要我的老命哪！我叫泰尔筑，敢问姊妹的大名？"说话的歌瓦有对蓝眼睛，身披灰鳞，颅顶的鬣棘则是盐巴般的雪白。

"岂敢，那只是好运罢了！我叫博尔兀。其实你的鲸角也不赖呢，泰尔筑，我很少看见成为浪客这么多年后，鲸角还是完美无瑕、毫无断缺呢。"博尔兀看看自己手上的鲸角，"我拿到鲸角才五个年头，角的尖端便缺了一角，真不知你怎能保养得这么好？"

"这个嘛，"泰尔筑笑道，"这点倒是与你的武艺相同——不过是运气好罢了！哈哈哈……"

"咱们这些去过北极的浪客，武艺又岂有不好的呢？咱们可是曾经与白龙、白熊为敌呢！"双方相视大笑。等到笑声停歇，博尔兀举起鲸角，晾在艳阳下审视着说道："东岸陆地上的国家，有种叫作'长枪'的武器与咱们鲸角的使用方式有些雷同，但使起来却比咱们浪客野蛮多了。把木头削尖成锥状便是长枪，然后人类便骑着马互相冲刺，再用长枪把对手刺下马，弄不好还会伤及性命。"

从博尔兀的话中听到"陆地"这个词，泰尔筑精神立即为之一振，兴致盎然地问："这么野蛮啊？直接戳上去不会受伤吗？倘使长枪跟鲸角很像的话，被戳到了肯定会送去半条老命。"

"没错，所以骑马的人类必须穿戴一种全部由铁板制成的盔甲，这样即使被刺到了也能有效地减轻损伤。"

"这种想法真奇怪，为何不像咱们一样点到为止？只要比画一下，双方知道胜负，便收起鲸角，礼貌地在空中互击呢？而且，纯由铁板制成的盔甲，我也难以想象。"

"我想，鲸角比画毕竟只是咱们浪客之间的规矩，不伤性命的，但是长枪除了比武以外，终究是要在战场上使用的。"博尔兀舒了口气，接着说道，"咱们游猎民没有整副用铁板制成的盔甲，不过想象一下操作'海刃'的歌瓦的着装，再把歌瓦换成人，这样可能就有几分神似，但是与真正的铁板盔甲还是有很大的差距……"

"是海刃那种东西啊？这样说我或许能明白吧，不过陆地上的人都穿得那么厚重打仗吗？……其实我最想问你的是，你好像对陆地了解很深似的，是曾经上陆地上劫掠过吗？"

"你真想知道？"博尔兀眯着眼问。只有在这个岛，她能够畅所欲言而不必算计猜测每件事，"我说了，你可别吓得像鹦鹉螺把百只触手全缩到壳里啊。"

"别担心，咱们浪客临危不乱，你即使叫只虎鲸扑上来也吓不倒我的。"

"好吧。"博尔兀缓缓开口，微笑道，"我是在陆地上长大的。"

"什么？你不是出身于紫鲷部的族民？"

"不，我是已经被吞灭的角鲸部的遗民……"

"角鲸部？那不正是二十年前称雌汪洋的皇鲟单汗的部族吗？后来败给了蓝帝汗……"

"嗯……是的。"听到泰尔筑直言自己祖上过去的败亡，博尔兀只淡然一笑，自然地掩饰内心五味杂陈的感受，然后开口道："我的长辈便是不愿受赤瑁部的统治，才带着幼年的我上陆地去，因此我是在陆地上长大的。"

"那么紫鲷部……"泰尔筑的语气中隐含着一丝疑问。

"那是我返回海洋后第一个依附的部族。"博尔兀顿了顿，补充道，"直到浮云般的大翅鲸遨游在我的胸膛，我才踏上试炼之旅，从苍生海那里取回自己的命运。因此，算起来，我还是出身于紫鲷部比较说得过去。况且，我还睡在紫鲷部的海穹庐里，骑着紫鲷部的蛟龙。"博尔兀瞪着神采飞扬的紫色眼珠，"角鲸部早就被灭啦，说出来要招惹了赤瑁部可不好哪！"

"有道理，角鲸部也灭族多年了。我还记得，当年那场战役发生时，我还只是个奉族母之命前去赤瑁部助阵的小雌蜥呢！开战还不到半日，就传闻赤瑁部的族母被皇鲟单汗给掳去了，翌日才知道那其实是赤瑁部为了夜袭佯装的。不过蓝帝汗也借着这场战争的功勋，将她母亲逼下族母之位……"

泰尔筑换了个话题："不过，博尔兀姊妹，我很好奇，像你这样丰姿卓然的浪客，何以愿意投效紫鲷部这么一个名不见经传的小部族呢？莫非紫鲷部的族母是个不凡的歌瓦？"

"紫鲷部的族母啊……"听到这句话，博尔兀神秘地笑了笑，低头望向澄澈的海面，却发现一道黑影正以非比寻常的速度从正下方蹿上来，来势凶猛，不知道目标是自己还是泰尔筑。

袭击！博尔兀见状忙喊道："小心！底下！"同时猛扯缰绳。她胯下的蛟龙顿时剧烈摆动身躯，试图闪避未知袭击。泰尔筑听见惊呼，也立即应变，让蛟龙剧烈翻腾。

这些动作还没来得及完成，两名浪客之间的海面便突然蹿出五只瓶鼻海豚，飞散的水花与海豚活跃的身影几乎模糊了博尔兀的视线，但她终究还是察觉到夹杂在这五只海豚之中的、那个不怀好意的身影。

那是个紫鳞片的雄歌瓦，博尔兀还来不及看清他的面貌，便察觉有物体从这混乱中分别射向自己与泰尔筑。

暗器！

博尔兀凭着直觉提起鲸角横臂一扫，当场格下三枚暗器，跟着腰间弯刀出鞘，旋身跃起，将身体裹在刀身的回旋遮蔽下，将另外两枚暗器打落。避开这次袭击后，海豚与刺客的身影早已落入海中，再度激起浪花。博尔兀站在蛟龙翡翠的背上，隔着飞溅的白浪望向泰尔筑，却听见泰尔筑咬着牙说道：

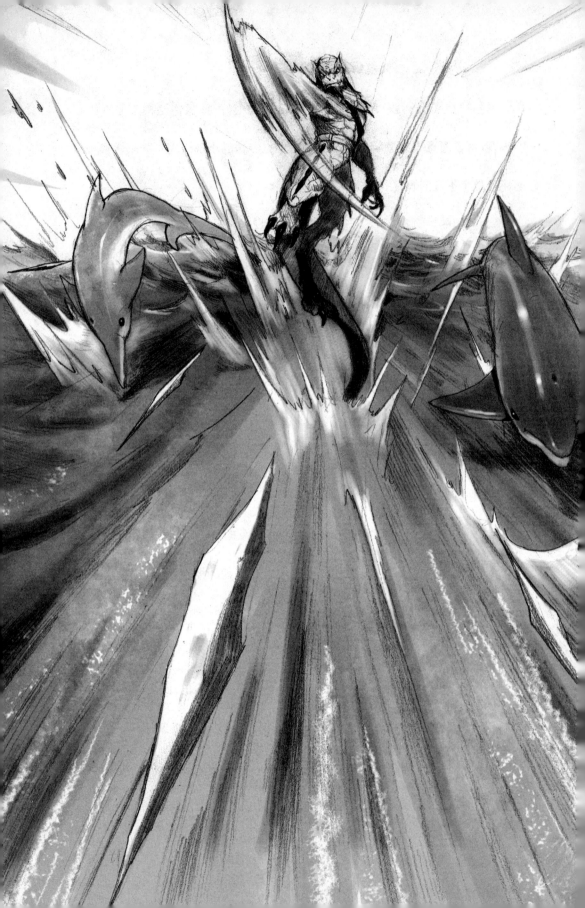

"是冲着我来的！"

泰尔筑的话音未落，刺客的第二波攻势便又来了。这次五只瓶鼻海豚改从正面凌空扑向泰尔筑，刺客也跟着海豚的身影随后跃上。泰尔筑情急之下侧身闪避，举起鲸角猛刺向第一只张嘴飞扑的海豚口中。海豚身躯的惯性使鲸角贯穿了它的肠肚，但是它那张布满锐齿的利嘴却也凭着这穿肠剧痛，在泰尔筑左掌上撕裂出十多道伤口，当场使这只手掌血肉模糊，鲸角也因她无力握紧而伴随着海豚的躯体沉入海底。

虽然避开了海豚的攻势，泰尔筑却因此露出空隙，紧跟在海豚后方的刺客早就料到这个状况，双掌各扣着三把暗器，就要朝泰尔筑掷出，却忽然遭到一记重击，当下跌落海中，暗器也全都脱手落水。

"没事吧？"刺客落水后，博尔兀挺着鲸角的身影出现在泰尔筑眼角。她将右掌的弯刀递过去道，"砍豚嘴。"很快，第三波的攻势便又来到，这回刺客又改变了策略，分出两只海豚牵制博尔兀，自己则率领另两只海豚攻击泰尔筑。博尔兀举着笨重的鲸角，恶狠狠地瞪着不断在自己周围盘旋的两只海豚，心中盘算着该如何化解这个险境。这两只被操控的海豚目的虽然是牵制她，但也难保它们聪明的脑袋中打着什么鬼主意，而泰尔筑虽有了弯刀防身，但毕竟善使武器的左掌已受创，单用右掌能够支持多久？

这绝对是个老到的刺客！博尔兀不禁这么判断。

险恶的局势中，博尔兀猛然想起，自己几乎忘了最值得信赖的朋友了，于是她以左脚拇指暗自在翡翠的脚上钩了几下，双眼盯着两只海豚。

这两只海豚彼此绕着圈，将博尔兀与蛟龙翡翠团团围住。海豚虎视眈眈，逐渐缩小包围半径，却又刻意保持在鲸角的攻击距离外，牵制博尔兀的行径表现得很明显。

刺客与另两只海豚却对泰尔筑发动猛攻，几回合下来，泰尔筑身上又多了几道伤口，而负责牵制博尔兀的海豚们则刻意优哉游哉地巡游，好似正嘲弄着博尔兀的无能为力。

突然，蛟龙翡翠猛然张嘴摆尾，向身前的海豚咬去，而博尔兀则同时纵身飞跃，扑向位于蛟龙正后方的那只海豚，将鲸角对准海豚的喷气孔猛刺下去！

海面上顿时泛起了污血，头部严重受创的海豚失衡地扭动着。博尔兀的鲸角又断了一截。远处的海面有白浪翻腾着，也许翡翠已经把那只海豚赶出刺客的控制范围之外了吧？当务之急，还是先解救泰尔筑。于是博尔兀提着鲸角，摆动长尾试图赶上另一场争斗。

陷入恶战的泰尔筑瞥见博尔兀接近的身影，顾不得即将面对的凌厉攻势，叫喊道："快走！博尔兀，不干你的事儿。"

"不行！在柔兰巴托，浪客绝不舍弃同行者，即使我们仅是初识！你撑着点儿。"博尔兀挺举着鲸角，声嘶力竭地回答。

没想到这么两声呼喊，却让刺客停下了动作。他将布满灰鳞的蜥蜴头颅露出海面,带着笑意睥睨着博尔兀。博尔兀那奋力高举鲸角潜泳的身影,的确是有些笨拙滑稽!

"博尔……兀……"刺客兴致盎然地望向博尔兀,然后嘴角扬起了异样微笑,双眼带着战栗之光,蜥蜴头颅缓缓沉入水底。他的身形矮小,动作看似缓慢,但是下潜的速度却令博尔兀追之不及,仅存的两只海豚也随之销声匿迹,海面很快便恢复了平静。

"别追了,你追不上那刺客的。"

"怎么回事?"博尔兀问。

"先离开这里吧,海水染上鲜血了,鲨鱼就要来了。"

"哦,这个海域难不成也有白鲨?我记得大部分的鲨鱼即使闻到了血的味道,也是不吃歌瓦的。"

"是没有白鲨,"泰尔筑勉强挤出一丝苦笑,然后继续说道,"不过,也常有数以百计的丫髻蛟群出没。"

"这样啊……那咱们还是先上岸再说吧。"

回到柔兰巴托岛后,她们找了巫医替泰尔筑处理伤口。很幸运,海豚造成的齿伤都只是皮肉伤,并未伤及骨骼,因此只需修养一阵子即可。创口包扎好之后,博尔兀问起了今日事件的缘由。

"那个刺客是个雄歌瓦,是个巫医吗?他甚至还拥有操控动物的能力。"

"不,巫医的法术很少能够操控那些具有自我意识的生物,尤其是海豚、鲸鱼与鲨鱼，更不能被巫医的箴言驯服。他不是巫医，也不是刺客，他是个'猎捕者'。"泰尔筑斜倚在木墙上，望着窗外冷冷地说。

"猎捕者？"

"我就是他的猎物。"

"怎么可能？那个雄歌瓦……"

泰尔筑碧蓝色的双眼凝望着无际晴空，将遥远的记忆从沉睡中唤醒："博尔兀，我说了或许你会瞧不起我，不过就算与你为敌也无所谓。苍生海早注定了一切，谁是谁的敌手，谁又会死在谁手上，冥冥中都早有安排……"

"不！泰尔筑，你错了！你不能这么想。"博尔兀听到泰尔筑的话，握紧拳头道，"我们是浪客，是从苍生海爪中取回自己命运的游猎民，我们的生命掌握在自己掌中，你不应该这么悲观！"博尔兀头顶的长棘竖了起来，鼻孔旁的鳞片也不安地起伏着，她紫色的双眼凝视着泰尔筑，微愠道："身为一个浪客，这不是你该说的话！否则，你经历过的试炼、你去北极的旅程，又有什么意义？"

"好吧，你不喜欢的话，我们还是说故事好了……"泰尔筑既不生气也不畏缩，面无表情地喃喃开口，"那是十八年前的事情了。当时，我是银鳕部的族母之女，银鳕部素以烧杀掳掠的恶名昭彰于大洋之上，各族唯恐避之不及。那年春天，为了抢得融冰区涌升流所造成的暂时渔场，我们接连与两个较小的部族爆发争战，在把她们都打败之后，银鳕族接收了两族的族民……"后来，泰尔筑看上了所接收百姓中的一位雄歌瓦，却发现这位雄歌瓦早就给赘出去了。年轻气盛的泰尔筑约了那位雄歌瓦的妻主出面，双方谈判不成，泰尔筑便显露出贪婪低劣的本性，仗势将这一家都掳来了。不但在那位妻主前强占了她的丈夫，最后更当着那雄歌瓦与其幼子的面把妻主凌虐至死。

在犯下如此不可饶恕的罪状后，泰尔筑更狂傲地把这户族民的所有幼子全都驱逐，然后耀武扬威地撂下狠话："去吧！让复仇成为你们的动力，来找我银鳕部的泰尔筑复仇吧！"话要脱口而出很是容易的，但到了反悔、想要收回的时候，却往往为时已晚。当初那句狠话让泰尔筑自食其果，当年被逐出的一名小雄蜥后来流浪到环珊礁岛，被那里的巫医收养。他虔心钻研学问，内心却始终为仇恨所支配。最后，少年歌瓦并没有成为巫医，反而凭着法力与不知从哪儿学到的深邃心计，成为一名谋士，投奔到赤瑁部麾下，并斡旋于各部之间，一手挑起了各部族对银鳕部的仇恨与战争，也导致了银鳕部的灭亡。

遵循着血海铁律，银鳕部的世族全部被逼着吞下河豚肝，毒发身亡，族民则被众部族瓜分。唯一的例外便是泰尔筑，她与她的几个丈夫在遭到毒杀前，就被那个谋士先提了出来，然后重蹈多年前那场惨剧的覆辙。泰尔筑说着往事，仇恨的血丝布满了她的双眼。

最后，谋士却放走了泰尔筑，但那不是出于怜悯或仁慈，而是出于折磨与报复。

　　"你以为我会杀你？哼！想得太美了。"谋士睥睨着泰尔筑，冷酷地说道，"你必须活着，活着体验更甚于我的痛苦和仇恨。就像当初你放我走时说的一样，如果有能力的话，就尽管来找我复仇吧，我的名字叫灰玫。但这次没那么容易了，在你展开复仇之前，我会化作弓箭和渔叉，一再地猎捕你，直到你因绝望、崩溃而死为止，你的灵魂将永不得安宁！"这是博尔兀所听过的故事中，最深刻也最狠毒的诅咒。

　　"彼此仇恨，彼此猎杀，永无终止，直到一方倒下，这就是我与他的宿命。"

　　"你……泰尔筑，没想到你竟是这样一个歌瓦。"博尔兀听着泰尔筑的故事，内心却无法维持平静，她体内的热血沸腾着，身躯颤抖着，内心的正义感让她感到愤怒。

　　"不需要刻意压抑，你的确有理由动怒，我不是个好歌瓦。况且……"泰尔筑悠闲地抠着唇边的细鳞，意欲更加挑起博尔兀的怒气，"况且，你竟然救了我这样污秽的歌瓦，还说什么'浪客绝不舍弃同行者'，而现在，你是感到后悔呢还是愤怒呢？"

　　"你……"

　　"看清楚点儿，年轻的雌蜥啊，你要知道，能否成为浪客，与品行毫无关系，我同样能来到柔兰巴托⑤这座岛，咱们浪客的圣地。你说咱们浪客从苍生海掌爪之中找回了自己的命运，但凡事的因果却还是直接作用着，什么也没有改变，即使我成为浪客，也不代表过去的罪恶能够被洗刷。而与污秽的我一同踏在这座圣地、同样享有浪客名号的你，那正直单纯的灵魂，承受得了这些吗？哈哈……"

"够了！"博尔兀咆哮着，愤怒震荡着她的心灵。凭借直觉，她早就应该拔出弯刀斩断泰尔筑的蜥蜴脑袋，但是几年来的经历不断告诫她：要冷静！

泰尔筑还在迷惑着博尔兀："你啊，单纯的你啊！不要压抑自己的愤怒了，挥动你手中的正义，将我肮脏的头颅斩下吧。博尔兀，用你的仁慈，终结这个互相追逐、猎杀的悲剧吧！"

博尔兀浑身战栗，她左手按在腰间刀柄上，望着泰尔筑似笑非笑、似哭非哭的神情，鄙夷与同情全都写在面颊上。

杀或不杀？

假使挥刀斩落，对泰尔筑而言是一种救赎还是一种解脱？对那些死于泰尔筑刀下的无辜灵魂而言，这一刀是他们企盼已久的回馈，但对同样企盼复

⑤柔兰巴托岛，在苏喇教巫医传说中，是苍生海赐予尊贵优雅的第三女大翅鲸永久免受干扰的安栖之地；而大翅鲸恰巧又是浪客的守护神灵，因此大多数的浪客都将这里看作专属于她们的圣地。由于许多浪客在各部族当中位居要职，因此柔兰巴托岛自然也成为众多部族势力不愿介入也无力介入的区域。

仇的灰玫而言,这一刀却也同时斩断了他的复仇,斩断了灰玫过去所作所为的意义。届时,灰玫会如何看待自己?而灰玫这个雄歌瓦,他的手段比泰尔筑有过之而无不及。假使正义不分远近亲疏,那么泰尔筑该杀的话,灰玫岂不更该杀?

不斩呢?博尔兀能对得起良知的谴责,允许泰尔筑安然离开吗?放任泰尔筑与灰玫彼此猎杀,让她们自行了断是最好的办法,但是可以预见,这两个歌瓦之间的仇恨,很有可能卷入更多无辜的牺牲者,造就更多的仇恨。然而,博尔兀有权利因为她们尚未做出的事情,而在现在对泰尔筑宣判吗?

杀或不杀都不对。博尔兀开始后悔,或许她今天根本不应该发疯似的跟这个素不相识的浪客随意来一场鲸角比试,但既然事情已经发生了,就应该勇敢地面对,而不应逃避,不是吗?

就在这时,博尔兀猛然回忆起当年在冰原上所结识的那位老主教,对照老主教与泰尔筑的行径,博尔兀找到了她要的答案。

"咔"的一声,弯刀的刀柄紧紧地靠上刀鞘。

"你所犯下的罪,应该自己偿还,泰尔筑。"博尔兀紫色的双眼透出坚定的神色,"对于过去的错误,假使你真有悔意,假使你真心决定要终结悲剧,你随时都有机会弥补,不是吗?"博尔兀瞪着泰尔筑,继续朗声道,"泰尔筑,你只是不敢面对自己的过去,苟活在同情与仇恨之间罢了。假使你的勇气不够,那么,我的勇气给你!"说罢,博尔兀解下腰间的弯刀,铿然有声地端放在泰尔筑面前。

"寻求解脱,不该假手其他歌瓦,你必须自己做到,那是你此生唯一的荣誉,否则,你这辈子就全都白活了。"博尔兀正色道,"你现在可以走,或者让我看着你自行了断,但是别妄想我会动刀!"

"原来你在这里啊,博尔兀!"此时,博尔兀身后突然传来一个悠然的声音,她回头一看,原来是鱿勒左手扛着钓竿、右手提着一篓鱼走了过来……

第三节
克制与节制

鱿勒将钓竿安置妥后,把掌伸进鱼篓说道:"我今天可弄到了美味可口的货色,瞧这几枚海扇蛤,可是在不安分地游泳时被我给抓住了,正好今晚烤来吃,那闭壳肌……也就是干贝的滋味很棒呢!"说罢她掏出了一枚巴掌大的二枚贝⑥,壳面上放射状的纹路简单大方,很是好看。

"鱿勒。"博尔兀望着鱿勒,吻端偏向泰尔筑,眨了眨紫眼珠示意自己正在处理事情。

---

⑥海扇科的二枚贝隶属于软体动物门的双瓣纲。海扇喜好栖息于泥质海床,最大特性在于其外套膜上具有眼点,此外它们具有旺盛的活动力,能够利用开闭双壳扇动水流来推进自己的身体,堪称贝类当中的舞者。

这几年鱿勒一点儿也没变，依旧浑身披满苍翠绿鳞，体态高挑轻盈，长尾巴布满黑色斑纹。她的表情总是从容不迫，茶色的双眼总闪烁着光芒。她望了泰尔筑一眼，再望望泰尔筑跟前的弯刀，然后开口道："不认识的浪客啊，你是博尔兀的朋友吧？打扰你了。你继续想，没关系的，慢慢抉择，我有事先跟博尔兀说去了。"说罢，便径自从鱼篓里摸出一枚凤凰螺，不由分说递向博尔兀，"就在回程的时候，有只大鹏鸟落在我肩头，鸟喙衔着一个饰着樱花虾壳的鱼皮袋，应该是额图真让巫医传来的信息。而凤凰螺向来是额图真惯用的信筒，我想一定是部族里出了事儿。"

"部族里……"博尔兀又回头看了泰尔筑一眼，然后接过凤凰螺，先用右手的指爪刮掉壳口的封蜡与灰泥，再掀开密封的壳盖，最后用爪抽出其内的一条柔软的滚动条。

滚动条是孔洞细致的海绵干燥后切成的薄片，只要用爪子蘸上章鱼墨，便能在上头留下文字图案。博尔兀摊开滚动条，上面写着标准的蝌蚪文，字迹苍劲有力，的确是额图真所写。

"外头阳光较亮，看得比较清楚。"鱿勒提醒道，博尔兀随口应了一声，便带着信走出去。

趁着博尔兀在屋外的时刻，鱿勒来到了泰尔筑面前，低身蹲了下来，茶色的眼睛兴致盎然地看着眼前这位银鳕族的遗毒。泰尔筑也望着她，从鱿勒坚定而沉着的眼神中，她无法判断这位绿鳞片的歌瓦究竟是怀着恶意还是善意。

"浪客朋友,你叫什么名字？"鱿勒开口了,她的语调率真柔和,这让泰尔筑稍微放松了戒心。

"泰尔筑。朋友,你是博尔兀的……"泰尔筑正想攀附关系,未料下一刻鱿勒的匕首已经抵在她的喉间,然后依然以从容的声调说道:"泰尔筑,博尔兀宅心仁厚,因此她才不愿杀你。但是,以博尔兀现在的身份,不杀你恐怕会惹上更大的麻烦。不如这样,让姊妹我来帮你解脱吧。"原来,刚才的事情,鱿勒全都听到了。

泰尔筑喉间立即感到一阵剧痛,她奋力挣扎,岂料鱿勒却突然松了手纵身后跃,导致泰尔筑就像个丑角一般失去平衡,难看地摔倒在地。

"别怕,方才是吓你的。"鱿勒咧着唇沿鳞片,露出了个真心的微笑,然后把匕首收回腰间,说道,"你根本没有死的勇气,不如就把命好好留下来吧！你虽成了浪客,却也在今日失了鲸角,那代表苍生海决定取回你的命运,因此别再找死。未来你的际遇,海洋母亲自有安排……"就在泰尔筑还维持着难看的跌坐姿势、目瞪口呆注视着鱿勒的时候,鱿勒却早已拾起博尔兀的弯刀,拔刀出鞘。在泰尔筑尚未反应过来之前,鱿勒的蜥蜴面孔上又泛起了异样的笑。

"慢……慢着！"旋即,一道杀气掠向泰尔筑,情急之下泰尔筑只能举起双手盲目抵抗,锐利的刺痛感传来,她的鳞片底下撕裂出一道伤口。

一道淌着血却不伤及要害的伤口。

泰尔筑按着伤口，抬起头望着鱿勒，满心的疑惑全都表现在头顶缓慢摇晃的长棘上。鱿勒则抽出一块海绵，擦拭掉弯刀上的血渍，对还是茫然的泰尔筑说道："想跟你借些血用，怕说了后你不答应，所以在下只好先取了。"说罢又从腰间解下一个指头粗的小巧皮囊，丢给泰尔筑，"这鱼肠皮囊内的创伤药，是巫医用淡水调煮的，挤出来涂在伤口上。记得，你丢了鲸角，不再是浪客了，别再违抗你的命运，别急着死。"鱿勒说完便要走出木屋。

"慢着！这位浪客，好歹留下你的名字吧！"

"哦，"鱿勒回过头，淡然道，"我叫鱿勒。"

"鱿勒……"泰尔筑默念着这个名字，无意识地低头看着那管创伤药。对于鱿勒的行为她还未能全然理解，但是等她理解其中的缘由而抬起头时，鱿勒早就走到屋外去了……

博尔兀的下眼皮不安分地微微颤抖，唇边细鳞与颅颈上的长棘也铮铮抖动着。看到她的反应，任谁都能感觉到，信中所云事关重大。鱿勒来到博尔兀身后，问道："信中写了些什么？"然后顺手将弯刀还给博尔兀。

博尔兀望见弯刀，紫眼珠闪过诧异，反问道："你把弯刀取了回来？"而后顺手抽刀出鞘，检视其上有无血迹。

鱿勒见状，慵懒地笑了笑："我没杀她，但借她的血一用，放心吧，她死不了的。”

“哦。”

“不过，博尔兀，为了避免日后的麻烦，你应该杀死她。”

“我知道。”博尔兀将海绵卷回原来的形状，再塞回螺壳中，然后咬着牙说道，“假使我先读了这封信，恐怕就会杀她了。”她不断地握紧再放松左拳头，头顶的长棘却夸张地直竖着，显然博尔兀正试图平复自己的情绪。

“族里的麻烦事儿跟泰尔筑有关系？”

“没关系，只是我很幼稚地在迁怒她而已。”博尔兀紫色的双眼瞪得有些大，调整呼吸后说道，“额图真信中说，黄颔部派了使者前来，说什么掌握了我三个陆上朋友的性命，用以要挟我……”

“陆地上的朋友？那不就是优格梭里的那些孩子们吗？”

“嗯，察理、费柴还有青鳞，都被黄颔部给捉去了。”

“费柴、青鳞……我记起来了，不都是你以前的死党吗？那个青鳞是个泼辣够劲儿的小雄蜥，我记得很对你的胃口……”鱿勒搔了搔头，顾颈部的洁白短棘若有所思地晃了几下，瞧见博尔兀不悦的眼神，她连忙将话题扯了回来，“额图真没说黄颔部以此要挟些什么？”

“她们知道我们角鲸……紫鲷部素与黑鲔部交好，因而要我趁栾缇哥那不防备时杀死她。我实在不知道该说些什么好，但是眼前若有黄颔部的族民在，我绝对……”博尔兀本想破口大骂，后来却欲言又止地含恨收口，闭目调整情绪。

"克制!"她对自己喊道,已经不是五年前刚回到海洋的时候了,她现在的身份不同,一举一动都关系着千百个歌瓦的生死存亡。责任是如此重大,因而她时时刻刻都需要自我克制,不能乱了方寸。

良久,博尔兀才睁开眼睛,压抑着满腔怒火,说道:"或许,现在说这些气愤的话还太早,我们应该先回紫鲷部搞清楚事情的真伪再说。鱿勒,咱们今年在柔兰巴托还没待到十日,还没来得及重温浪客的美梦就得离开,只好择日再补啦!"

"说什么话?柔兰巴托不分春夏秋冬,永远都对浪客敞开胸怀!"鱿勒望着博尔兀,眼里满是嘉许之意,"走吧,博尔兀,未来时间还多得很。你说得对,咱们还是先回紫鲷部找额图真再说吧,只可惜今年享受不到这些美味的海扇了。"

"带走两枚,回程赶路时烤来吃如何?这样就不怕浪费啦。"

"说得好,博尔兀!你的脑袋瓜儿倒是越来越灵光了。我的蛟龙在北岸,你的翡翠应该也在这附近吧,不如咱们约在东北角的角尖屿汇合。我想,傍晚前应该能出发,先到的就张罗些吃的。"

"嗯,就这样。鱿勒,回头见。"

鱿勒离去后,博尔兀迅速收拾行囊,正要赶往海岸,却撞见扶着木门走出来的泰尔筑。博尔兀冷冷地看着泰尔筑,略为嫌弃地移开目光,转身就要离开。泰尔筑无力的声音却从她背后传来。

"等一等,博尔兀。你……你是紫鲷部的……族母?"在泰尔筑模糊的视野中,博尔兀驻足了。在一片白炽骄阳所构成的光幕下,她匀称健美的身形映出一道优雅的黑影,头顶的长棘似有若无地摆动了一下,而后不发一语,高举着尾巴昂扬而去。

柔兰巴托的午后,博尔兀是否点了头,泰尔筑并不清楚……

博尔兀在黄昏与鱿勒汇合,骑着各自的蛟龙离开柔兰巴托,离开这座如梦的热带岛屿。而后她们随着赤道洋流向西游去,八天后又脱离赤道流北航一天半,最后进入向北的沿岸暖潮,十多日后才抵达紫鲷部目前所在的海域——一个亚热带岛屿的东北处,春季冷流与暖流交汇所形成的季节性渔场。

回到紫鲷部的海穹庐聚落时,正值黄昏,偌大的弧形外围零星漂着几艘小舟。此处风大浪高,海面上的船只并不多,却分散在一个大圆形的各处,足见其水面下势力的强盛。

几名海骑将吃剩的鲱鱼碎屑抛给空中的海鸥之后,发现远处洋面上有两骑来者,立刻张弓戒备。直到夕阳从博尔兀身上反射出耀眼橙鳞的色泽,她们才收了兵刃,策着蛟龙上前迎接。

"族母回来啦!博尔兀族母回来啦,还有勇士鱿勒也一并回来啦!"

"快告诉额图真勇士!"一名穿戴鲨甲的战士扯开嗓门喊着,吸引了其余护卫的注意，而她身旁的一名雄歌瓦则迅捷地翻身潜入海中，穿梭在一顶一顶半透明的海穹庐间，使劲地摆尾推进，最后窜入一顶较大的海穹庐之中。

博尔兀在欢呼声中露出欣喜的表情，她朝着众将士挥手，随即低头，视线透过海面，向层层叠叠的海穹庐群望去。每一顶海穹庐内部都有游猎民的踪影，她们或动或静，自得其乐地进行着手边事务。偶尔有几个歌瓦从海穹庐中央钻入水中，摆着尾巴又游向另一顶海穹庐。在最外围，不时有提着鱼叉的护卫巡哨着……

望着水面下的这座海城，望着紫鲷部的部族，一切的一切，乍看之下虽平淡无奇，却令博尔兀感动，因为这是她的子民——紫鲷部的子民，是她背上的沉重龟壳，却也像五彩珊瑚丰富着她的生命。

一阵寒暄后，海面上的游猎民们继续巡哨去了。博尔兀放开了蛟龙翡翠背上的缰绳，深吸了口气，从翡翠背上跃入海中。

入水时夹带的丰富气泡逐一擦过她脸上的鳞片，带来些瘙痒的感觉，当泡沫逐渐散去后，映在她紫色眼珠里的影像，便是间隔排列的海穹庐群落了。这时耳孔里又传来落水的震响，博尔兀抬头望去，发现鱿勒也潜入了海中。鱿勒身上的墨绿色鳞片在水下蓝色调的晕染之下，反射出一种介于茂绿与郁蓝间的色泽，而颅颈上的象牙白色短棘，则因光影交错而化作一丛黑色剑影。

博尔兀与鱿勒交换眼神后，很有默契地同时摆尾往海穹庐群落游去，两名由巨鱿鱼拉着的重装巡逻者也提着渔叉靠拢过来，陪同她们进入群落。博尔兀穿梭在海穹庐之间，看着这一顶海穹庐里的两名小雄蜥为了鬼头刀鱼而争吵，那一顶里的雌歌瓦正抱着刚产下的蛋张嘴微笑；看着游出海穹庐喂养大石斑的雄歌瓦；看着手拎几束海藻回到穹庐内的慈祥父亲……一切都很安详，与四十多天前自己离开时并没有太大的差别。

博尔兀嘴角泛起一个笑容，多亏有丹顶额图真帮忙，否则她不敢想象一个族母不在的游猎民部族会遭逢到什么厄运。打五年前从北极回来起，额图真便深谋远虑地献上各项计策。随着每一条计策的实行，博尔兀的身份也不断地改变，从一个漂泊浪客变成了紫鲷部的族母。额图真费尽心思，再加上鱿勒与她的奋斗与努力，历经数次挫折，才好不容易挣扎着在汪洋之中找到了一条适合的洋流……

直到群落最深处的一顶特别的海穹庐出现在眼前，博尔兀才从遥远的回忆中被唤回现实。这顶海穹庐比寻常的大上一倍，正是紫鲷部的主帐。只见两名年轻的雄歌瓦在底部出入口抬头看着海面的位置，而他们的蜥蜴头颅所面对的，则是海穹庐中一名中等身材的雌歌瓦，那雌歌瓦浑身披着蜡白色鳞片，只在头顶泛着一片酒红。她正急急忙忙、气急败坏地穿戴整齐，准备要游出海穹庐。

博尔兀见状不禁莞尔一笑，她游到海穹庐旁边，向额图真招了招手，用手指了指海穹庐内部，并趁着额图真错愕的时刻向下游，一口气钻入帐中。

"额图真伯母，我回来了。"博尔兀眨着双眼说道。鱿勒也很快进入主帐，两名巡逻者则径自巡哨去了。

额图真难掩慌张，忙说道："博尔兀族母，你……你终于回来啦，我来不及着装整齐，这个……"

"没关系的，我不在意，我们是纯朴的游猎民，不必理会陆地上的那些繁文缛节，也不必效仿蓝帝汗好大喜功的排场。"

"怎么可以不在意呢？你当了族母，地位自然要比其他游猎民高一些，大伙儿对你总要有些敬意才行哪！不能不在意，不能不在意啊！"额图真连忙反劝博尔兀。

"额图真啊，我看……这礼节就免了吧。"鱿勒叉着双臂，将身躯靠在柔软的穹庐壁上，"礼节这种事情，等到博尔兀成了单汗，大家自然而然就会遵守了，你不必操之过急。"

"是啊，额图真伯母，目前跟大伙儿相处这么融洽，就不必这么计较礼节了吧……"博尔兀知道额图真的急性子，于是连忙将话题转到自己最在意的事情上，"用鹏鸟传过来的那封信对咱们都很重要，我也急着想知道详情……"

"对对对，就是那封信。黄颔部这些个乌龟蛋，为了讨好蓝帝汗，什么卑鄙手段都使得出来……"丹顶额图真唾沫横飞地诉说着黄颔部使节来时的情形，当时的对话、动作以及黄颔部使节嚣张的气焰，额图真都竖着鳞片、用愤怒的语气巨细靡遗地说给博尔兀与鱿勒听……

"等等……额图真，你方才说，黄颔部的使节似乎跟博尔兀以及栾缇哥那有过节？"鱿勒提及。

"没错，那个使节的意图很明显，就是想千方百计利用人质要挟咱们去刺杀栾缇哥那，想让我们角鲸部与黑鲔部自相残杀。嘿！她们想鲸鲛相争必有一伤，到时再像只狡猾的印鱼一样蹿上来抢些碎肉，咱们就偏不上当，不理不睬。"正当额图真那似乎永远合不拢的嘴里不断吐露着各式各样的揣测与谋略时，博尔兀猛然抬头，打断额图真的话。

"黄颔部留下什么足以证明青鳞、费柴的确被她们绑架的东西了吗？"博尔兀顿了顿后，解释道，"我那些陆上的朋友们，不太可能平白无故到海上来啊，除非，黄颔部前去劫掠卡特拉公爵的领地。额图真，你听到过这类的消息吗？"

"没有，黄颔部自从投靠蓝帝汗后，胆子就小得像只红雀雕，只敢窝在海葵触手的保护之下，连沙滩都不敢踏上一步。咱们游猎民剽悍勇武的名声都叫她们给搞坏啦！而且……"

鱿勒冷不防地插话进来："额图真，博尔兀问你，她们有没有确切的证据？"

"……看我怎么对付黄颔部这些杂鱼，唔……证据是有，博尔兀族母你等等。"额图真伸手往腰间一摸，抓出了两枚歌瓦鳞片，颜色一褐一蓝，鳞片表面的光泽不佳,色泽黯淡,看来从歌瓦身上被拔除差不多有二十多天的时间了。

"这鳞片……"博尔兀看了看鳞片的光泽与形状,的确与她好友的符合,这时额图真又从腰间抓出一把丝状物体。

"还有这个。"博尔兀接过来仔细一看,原来是一束人类的头发,发质与颜色都与察理的无异。博尔兀心头一凛,怒气也随之上升。她蜥蜴头颅上的橙黄色鳞片不规则地颤抖着,上下嘴唇也掀了起来,露出凶狠的獠牙,头顶上的长棘更是"咔咔"响个不停。

"其实不需要这些物证,光是那些杂鱼知道他们三个的名字——费柴、青鳞、察理,就足以作为证据了。"额图真低声补充道,"咱们紫鲷部还不成气候,黄颔部不可能对你的过去调查得那么详尽,也不太可能知道你是从陆地上来的这回事。"

博尔兀沉默以对,紫眼珠狠狠地凝视着掌中的鳞片与发丝。

"然而,现在,她们都知道了。"额图真技巧性地叹了口气,望向愤怒的博尔兀,一丝狡猾不经意从眼角飘出,"而且,你的三个陆地朋友迄今生死不明,说不定他们早就死了,你瞧那鳞片的光泽……"

"所以呢?"博尔兀没有抬头,也没有端详额图真那圆厚前额底下的双眼,她凝视着掌中之物,怒意在身体中横流。

"博尔兀,依我之见,黄颔部做的事情不合道义,咱们没必要随这阵飓风兴风作浪。面对这种比海沟还深邃、比河豚肝更毒的要挟,我们一定要坚守原则,不能表现出任何的姑息与软弱,绝对不能与之妥协！"说到慷慨激昂处,额图真眼里也燃烧起熊熊怒火,"博尔兀族母,要成为单汗,就不能被手段与阴谋所牵制,因此我当面告诉黄颌部的使节:'博尔兀族母没有这三个朋友,你请便吧！'便将她们逐走了。"

"你再说一遍？你跟黄颌部的使节说了什么？"博尔兀闻言,恶狠狠地瞪着额图真,厉声问道。

丹顶额图真也竖起了鳞片,朗声回答:"我说'博尔兀族母没有这三个朋友'。博尔兀族母,要成为单汗,就不能像水母那样软弱,你的心肠必须比铁蟹壳还坚硬;要成为单汗,就不能受威胁,不能向阴谋诡计低头。依我看哪,黄颌部越是勒索,咱们就越是不理不睬,静观其变……"

"岂有此理！"博尔兀大吼一声,一拳重重捶在海穹庐壁上,差点把这层充满弹性的半透明壁面戳出个窟窿来。她立起身,盯着额图真的双眼,就要迈开脚步冲上前去。一旁的鱿勒见状,连忙换个姿势坐在博尔兀与额图真中间,手脚与长尾都预备好面对接下来的突发状况。

鱿勒十分明白,博尔兀虽然经历数年险恶的试炼,变得较为成熟,但她重情重义的个性,却始终不曾因残酷俗事而有所磨灭。费柴他们是博尔兀从小到大的玩伴,鱿勒自然了解这件事对博尔兀的打击。

"额图真,你怎么可以这样？那是我的好朋友啊！你怎么可以擅自做出这种决定？谁允许你的？说！我有允许你这样做吗？"博尔兀破口大骂,气得浑身发抖，凌厉的杀气自额间松果眼发出，手掌往腰间刀柄摸去。额图真从未见博尔兀有如此强烈的怒火，那颗蜥蜴头颅上也露出些许惧意，但她却依旧不松口，反驳道："博尔兀，我没错！你是紫鲷部的族母，凡事就应该优先考虑族民福祉，首要的，就是不能处处受制于她族。你要杀便杀，但我没错！"额图真索性交叉着双臂，转过身引颈就戮。

"我有允许你这么做吗？到底谁才是族母？"

"你是族母，但人类有句俗谚：'将在外，君命有所不受'，我只是做了自己该做的事情。这很脏，没错，所以由我来做！你既然做不了就乖乖休息去。"

"你……"博尔兀想要拔出弯刀，鱿勒却早将手掌抵在刀柄末端，她根本拔不出鞘。事实上，以博尔兀愤怒至极、浑身发抖的状况，恐怕即使抽出了刀，也无法挥得精准。

"博尔兀，额图真没错。"鱿勒开口了，声调依旧从容，"她是站在整个部族的观点看待事情，你却用自己的观点思考。真正该杀的是黄颌部的贼蜥儿们，咱们自己不能搞内讧。"

博尔兀转过头，怒气冲冲地瞪着鱿勒。鱿勒不慌不忙地继续道："况且，黄颌部未必会就此杀了青鳞他们，你先冷静。"这句话博尔兀总算听进去了，她踌躇片刻，最后总算把刀柄靠上刀鞘。但她不发一语，望着海穹庐外的灰蓝汪洋，压抑着自己的愤怒。调整呼吸的节奏后，她头上的长棘也不再像只怒气横溢的刺河豚那样锐利地竖起，紧握而发颤的拳头也逐渐松开。

"唉……说说该怎么办吧。"博尔兀叹口气道。

"黄颔部把青鳞他们拴在竿上，像饵食那样抛了过来，但咱们可不能像见饵就咬的鱼那么容易上钩。咱们先摸熟这饵是怎么挂在钩上的吧。"鱿勒建议道。

"对，等解开了饵，再假意衔紧钓线，使劲一扯，将那些像虎鲸那样狡猾恶毒的败类给扯下海来，到时让咱们用弯月一样的刀、鲨鱼牙齿做的箭，教训教训这些杂鱼！"丹顶额图真也开口了，她的双眼盯着穹庐壁，不去瞧博尔兀一眼。

"好！那么，额图真，现在该是谁发号施令？"博尔兀望着额图真酒红色的前额，眼里的激动少了，冷静与智慧却多了。

"现下博尔兀族母在此，当然由你发号施令。"额图真的表情有些不情愿，但至少嘴里承认了博尔兀的领导权。

"好！记住你说过的话，额图真伯母。"博尔兀沉吟片刻，接着开口说道，"接下来是我对这件事情的处理办法。首先，鱿勒，请你到黄颔部去探查青鳞、费柴他们的状况，速去速回。这件事不容易办，你可以从部众中选一名佼佼者当你的接应。此番行动颇危险，你可愿意去？"

鱿勒望向博尔兀，眼中流露出些许骄傲，嘴角一扬，欣然道："我可是将你养大的鱿勒呢！这件事情跟当年在陆地上当佣兵、为你赚读书钱比起来，就像是捏起攀在鳞片上的一只小虾一样简单，你放心吧。"

"丹顶额图真伯母，我不在的这段时间，还是委托你料理部族的大小事务，这点办不办得到？"

"这就看博尔兀族母肯不肯给我临机应变的权利了，我想，族里有些后辈也是值得提携的才俊，或许族母愿意给她们历练的机会。"额图真的回答跟嘴里的口臭一样微酸，她望着穹庐壁，始终不肯看博尔兀。

博尔兀自然也不能全然放下心中的愤怒，但她终究还是以冷淡的语气继续说道："额图真伯母有提携后辈的心意，自然是一件好事，不过我还是有一件事情要你做。"

"哦……"不满仍在额图真心中发酵着，只微微发出一声作为响应。

"我要你在十日之内，将族内部众组织成一支能立即应战的军队，弯刀、弓箭，一切不足的物资和给养，全都由你想办法。在我从黑鲔部回来之前，要全部完成。"一听到这句话，额图真的眼睛亮了起来，然而碍于倔强的脾气，她还是不愿意低头，只问道："族母，你……想打仗了？"语气却稍有回温。

这一幕被鱿勒看在眼里，心里觉得好笑，她带着玩味的神情继续观察事态发展。

博尔兀回答："黄颌部藐视海洋上的规矩，苍生海自然要降下灾祸来惩罚她们。咱们紫鲷部虽不是部众上万的大部落，但好歹也有族民上千，可不能让那些黄嘴巴的贪婪海豚得寸进尺，即使能够带给她们的损失有限，这一仗也是非打不可！让她们知道这只紫鲷的鳞片底下，可还藏着角鲸的螺纹利角。因为我要到黑鲔部去，所以组织军队这件事情要麻烦额图真伯母你了。"

"好，我答应。"额图真欲言又止地点点头，但是她不安分地搓搓手指的举动却早让鱿勒看个明白：她其实早就雀跃得想跳起来，只是顾及与博尔兀之间的心结，勉强按捺着。

"博尔兀，你去黑鲔部，是要割你那个托答的蜥蜴脑袋？"鱿勒问道。

"嗯，我的确要去黑鲔部一趟。"博尔兀正气凛然地说道，"我得按照黄颌部的旨意，带着我那个好托答——栾缇哥那的脑袋过去。不过，既受所托，事情自然要办得更周全才行，除了栾缇哥那的脑袋以外，连在脑袋底下的身体和蛟龙、她的弯刀和弓箭、她的军民以及苍生海的怒气与神威，我也要一个不留地带到黄颌部去！"

"好！有志气！这才是皇鲟单汗的长孙女、角鲸部的族母该说的话！去吧，博尔兀，苍生海会赐福你的！哈哈……"鱿勒这位艺高胆大的浪客一跃而起，爽朗地开怀大笑。

她眼中的博尔兀不再是陆地上那个处处需要照顾的小雌蜥了，现在她真正掌握了从苍生海掌爪中取回来的命运，任何的困难与阻挠都不能借着宿命作为借口，来干扰和诋毁她的意志。

在鱿勒开怀笑声的感染之下，博尔兀与额图真两个板着蜥蜴脸孔的歌瓦，也终于腼腆地笑出声来。虽然彼此的心结尚未解开，但在面对强敌的这个时刻，她们仍旧是并肩作战的忠实战友……

第二章
驭风袭浪

炽鼯单汗举起长矛和(以下空缺)的弓箭,

看着蓝色的(以下空缺,可能是天空或海洋)

在海风中呼喊苍生海的名字,

"赐我抹香鲸的神力。"

神灵很快便给她(们)回应,

于是(以下空缺)的族民都举起弯刀响应这呼喊,

于(以下残缺)汹涌,她(们)都唱起了战祷歌⋯⋯

——巴伦提第二王朝《四方蛮族表》泥板译文

在郁蓝色海平面和混沌无序的紫红云天交界处——那一条修长的金色丝线中央,猛然跃出一轮光芒耀眼的金球,霎时,海洋与天空同时褪去了那层干枯的旧皮,露出了湿润而闪闪发亮的新皮肤。

而在这一望无际的洋面上,在光芒万丈的晴空下,五个黑色的身影正努力前进着——蛟龙左右摆动着强而有力的长尾巴,溅着白浪,载着颈上的歌瓦游猎民破水前行。初生的朝阳恰好漂浮在她们眼前。一位壮硕的雌歌瓦举着手指,转头向右叹道:"瞧,博尔兀族母,太阳带着火焰把昨天的旧鳞片给撕了下来, 苍生海与常熟天再度露出亮丽的蓝鳞片。瞧这海水蓝得比天更纯、更澈,今儿个有苍生海庇佑,与黑鲔部的结盟势必能成!"

"没错!你与黑鲔部的族母是结拜的托答,这次结盟肯定能成。"一个尖细的声音从后方传来,那是个娇小却不柔弱的雄歌瓦。位于后方的三名雄歌瓦都提着矛,腰际还系着一张弩、一把匕首。而前方的博尔兀与另一位雌歌瓦,则身背弓与箭,一柄弦月般的弯刀挂在腰间。在她们底下的海水中,尚有一名雄歌瓦左手提矛,右手拿着一条粗绳系在一尾硕大的巨鱿鱼上,凭借着巨鱿鱼的拖动前进,也负责着博尔兀水面下的安全。四雄一雌,这支护卫队恰到好处地在水面上下保护着博尔兀的安全。

博尔兀没有用朗声大笑来回应她的部下们,布满细鳞的嘴角只是微微

上扬,期待与彷徨同时萦绕在她的心头。自从六年前与栾缇哥那结拜为托答后,她便往北极展开浪客的追寻之旅。即使后来回到了海洋,她的时间也耗费在建立自己在部族内的领导权这些事情上。额图真所派的探子,虽不时传来栾缇哥那领导黑鲔部逐渐摆脱衰败的消息,但是这些年来,她并未与栾缇哥那打过任何照面。

栾缇哥那那潮蓝色的鳞片、火焰般的橘色双眼以及颈后刀片般的长棘都还深深留在博尔兀的记忆当中。她记得这位托答爽朗豪气的笑容,记得六年前那段共同游猎的岁月。只是从一个族民升为紫鲷部族母的经历,让博尔兀体会到了海洋生活的无情与残酷,她看过对手为达目的不择手段的行径,也见识了额图真技高一筹的权谋。面对这次的事,栾缇哥那还能记得六年前的友谊,谨守着结为托答时的承诺吗?

面对来自理性的质疑,博尔兀更愿意相信单纯的友情。也许事情根本就没那么复杂,或许栾缇哥那根本没有变,怀疑这段友谊反而显得自己多虑而自私。但歌瓦总是只相信自己愿意相信的事,而忽略了事实的存在。当博尔兀选择相信这段友情的时候,她是凭借事实,还是在自我欺骗?她是否放纵感性蒙蔽了理性呢?

年岁的增长,终究让博尔兀学会了不纠结,既然想破头也解决不了,那么她便索性不去思考这个问题。她甩甩头,望着眼前的太阳,让蛟龙翡翠把自己的身躯送到黑鲔部去。

午后，她们终于来到了黑鲔部度夏的海域。在说明来意后，巡哨的海骑放下了弓弩，纵身潜入水中禀报去了。

比起紫鲷部，黑鲔部的规模又稍稍大一些，海穹庐的数目自然也更多。但博尔兀很眼尖地发现：这里的族民的鳞片色泽并不如紫鲷部的饱满；器物简陋，弯刀多以粗鱼皮为鞘而非常见的鲛皮，箭支末端粘的不是海鸟的羽毛，而是晒干的飞鱼胸鳍；族民身上即使穿着鱼皮甲，也都看得出修补与磨损的痕迹。博尔兀明白，黑鲔部的物资更短缺，族民的生活也更为艰苦。

然而即使刀鞘的材质不佳，刀身却一样弯曲，刀刃却照样锋利；即使箭尾的干鱼鳍不如鸟羽耐用，鱼骨制的箭却更长更直；尽管这些游猎民身形消瘦，饱经风霜，但她们眼里却绽放着坚定的神采。

博尔兀由上而下俯瞰着海面下的黑鲔部聚落，只见众多海穹庐之间那模糊而深邃的黯淡地带中，先后游出了两名歌瓦，位于前头的显然是方才去通报的海骑，而跟在后面的那名雌歌瓦，游动的模样硬是多了种霸气，如刀般的长棘从颅颈伸出来，更衬托出她的气势。

当栾缇哥那的蜥蜴头颅伴随着水花浮出海面时，她一眼就认出了结义姊妹的脸孔，还不待攀上部众牵来的蛟龙，便扯开苍劲嘹亮的喉咙笑道："哈哈，博尔兀！好久不见啦，是哪道洋流、哪阵海风把你给吹来了？"

博尔兀也开怀大笑道："栾缇哥那托答，我还以为，你会认不出我来了呢。"

"说什么傻话？我记得你的脸孔，就像母海龟记得产卵的沙滩、鳗鱼记得初生的海底一样。你胯下的这匹蛟龙，不就是那年我看着你驯服的吗？要是忘了结义姊妹的模样，那可是会遭到苍生海的报应哪！"栾缇哥那再度朗笑数声，在攀上蛟龙后端详了博尔兀一眼，又继续说道，"博尔兀，我听说，这些年你不但成了浪客，还在紫鲷部混得不错。"

"哪里，能当上族母全凭族民的赏识，但愿不负她们所托……"

"什么，你现在已经是紫鲷部的族母啦？两年半前我才听说你率众投靠了紫鲷部，没想到这会儿已经是个堂堂的族母啦！好！今天就让我到近郊小岛上款待紫鲷部的新族母、我的好托答！好，好！"

"这……栾缇哥那。"博尔兀正要推辞。

"唉，博尔兀，咱们黑鲔部虽然穷，但该给访客的礼节还是有的，你不接受，就是不给我面子，不按苍生海的规矩办事。这餐我是请定了，请你品尝品尝这个海域的鲣鱼美味。"

"好！栾缇哥那托答，有你这句话，这餐我是吃定了！"

"好！咱们今儿个非要吃到撑着肚子飘在海面上不可。哈哈哈……"双方再度相视大笑。

栾缇哥那手持缰绳，指示一名部众准备晚宴，博尔兀则趁机说道："栾缇哥那，这次我来，是为了……"岂料话刚出口，栾缇哥那便举起了手："博尔兀，咱俩也几年没见面了，倒不如趁着天黑前到近处海域去转转，或许像当年一样，再找个孤岛烤些有的没的，顺便谈谈正事。你的部众也累了，我派族民领她们休息，你的意思如何？"

博尔兀点头笑道："当然，这儿可是黑鲔部的海域，就全照你的意思安排吧。"栾缇哥那也跟着笑了起来，然后指派另一名歌瓦领着博尔兀的护卫拴了蛟龙，潜入海中去了。

"海牙，我跟我的托答去附近海域游游，族里的事情就交给你了。有要紧的事情，就放三支响箭，我听得到。"栾缇哥那把要事简略交代下去后，便与博尔兀背着弓箭，跨着蛟龙离开黑鲔部。

她们先去近处一座大岛屿的沙岸拾了些凤螺和海胆，然后找了座小岛，把海胆肥美的生殖腺烤来吃。

"这岛的海胆不错，岛上的居民都习惯挖出生殖腺后直接生吞，还管这种吃法叫'吞云'，你想不想试试？"栾缇哥那说。

"不了，我族里的巫医说，生的东西吃多了，对身体不好，最好还是烤熟了吃吧。"

"海里的鲨鱼、旗鱼不也都尽吃些生的，却都活蹦乱跳，一点儿事都没有？如此美味你不吃的话太可惜了，这一份我就帮你吃吧。"栾缇哥那生吞了那枚海胆，口腔里的触觉牵动神经线，使她陶醉地阖起下眼皮，好似正沉浸在海胆的美味中。直到一个隆起的波形从她的喉头出现，沿着布满细鳞的颈腹传递，最后滑入，隐没在浑厚的胸膛，栾缇哥那才睁开眼睛，问道："对了，博尔兀托答，今儿个你找我，肯定有什么要紧的事情吧？"

博尔兀默默点头，然后以指爪串起一颗刚烤熟的凤螺，对着栾缇哥那的橙色眼睛叹了口气，缓缓说道："栾缇哥那托答，不瞒你说，我这次来的目的，本来是要取你脖子上的脑袋瓜交给黄颌部的……"

"什么？"栾缇哥那闻言，眼里瞬间绽放出诧异与凶狠的神色，但随即又恢复了平静，"你真要杀我的话就不会告诉我了。黄颌部这票贼蜥儿们就像个章鱼一样，脑袋心肝都装满了恶毒的墨汁，她们定是不怀好意地盘算些什么，想去讨好那个蓝帝汗。"

"正是如此。"从栾缇哥那的反应和眼神中，博尔兀确认了友谊与信任，于是便放心地将黄颌部挟持青鳞他们，用以要挟博尔兀刺杀栾缇哥那的事巨细靡遗地说给她的托答听。

"可恨！黄颌部这些又自私又贪婪，根本不该从壳里孵出来的贼蜥儿们，多年前趁我黑鲔部衰弱时夺我族民部众，现在又想要我的性命来讨好蓝帝汗，苍生海会给她们惩罚的！"栾缇哥那破口大骂，剑刃般的长棘"咔咔"地颤动着，接着说道，"博尔兀托答你放心，黄颌部既然想把套蛟龙的缰绳套在我的颈子上，这件事我也就管定了！"

"真的？太好了！"听到托答斩钉截铁的回答，博尔兀不禁喜出望外，内心的阴霾一扫而空，"我认为，对付这样下流的手段，就得率领军队打击黄颌部，才能向整个海洋宣示紫鲷部不向威胁低头的决心。"

"好啊！博尔兀，黑鲔部的先祖们依据黑鲔鱼尾鳍的形状造出了弯刀①，再传授给整个海洋，就是为了斩翻那些心地险恶的贼蜥儿。你等着，只要你们紫鲷部发兵攻打黄颌部，咱们黑鲔部的弯刀绝不缺席！黑鲔部的部众虽不多，但我愿意缔结盟约，一齐向黄颌部进军！"栾缇哥那激动地握拳道。

"嗯，让我们两族的盟约犹如剑旗鱼的尖喙，刺穿黄颌部这愚劣的海鳗

---

①关于海洋游猎民所使用的弯刀的起源，向来众说纷纭，由于水体带来的阻力，在水面下挥动开刃兵器向来十分吃力且杀伤力有限，因此在游猎民适应海洋生活的早期，出土的多是刺击性武器或者爪、匕首类的短兵器。直到游猎民开始成功繁殖蛟龙，开始在蛟龙背上作战时，刀剑类武器与弓箭才拥有了发展的空间。世界各地多项文献也有了沿岸国家将武器贩卖给游猎民的记载。西叙亚大陆鼎盛一时的加尼梅德王朝泥版书在纪元前15700曾有过"轻骑兵团与登岸海寇仑提氏族战于海滨"的记载，而仑提氏族即是黑鲔部栾缇氏族的苏萨语念法。极光之洋的游猎民的弯刀，其形状与加尼梅德王朝轻骑兵的弯刀多处相似，或许便是在这场战争当中被黑鲔部氏族拾取、仿造，最后辗转传入整个海洋。由此黑鲔部游猎民的祖先颇有创意，结合弯刀创造其民族图腾的形象，充分地表现了海洋之民灵活的想象力。

的脑袋。"

"好，咱们就在今晚的筵席上缔结盟约吧！"

"嗯！"博尔兀张着紫色的明眸，用自信与锐利的眼神与栾缇哥那对望，双方再度大笑。不过片刻，博尔兀便收起兴奋的神色，严肃地说道，"栾缇哥那托答，一旦发兵攻打黄颔部，我恐怕就再也见不到那些陆地上的朋友们了……"

"也对，这是个问题。"栾缇哥那闻言，也沉下了脸，"博尔兀，你并没有因黄颔部的要挟而背叛我们结为托答的誓约，却连累那几位跟你一起长大的陆上朋友被卷入危险的漩涡里。既然你没有舍弃苍生海所见证的友谊，那么我也不能陷我的托答于不义！因此这方面若有需要我帮忙的，不论是出兵还是出力，你就尽管说吧！"

"谢谢你，栾缇哥那托答。"

"你客气了，我托答的朋友就是我的朋友，即使要我亲自去救她们，我也在所不辞。"

"这个倒不至于，你愿意帮忙我就很感激了。只是营救朋友和发兵这两件事儿，需等咱们会师时再详细计划，看何者先行，何者为后。"

"嗯。"栾缇哥那点头道，"目前我黑鲔部有族民五千，抛开老弱的雄歌瓦和小蜥们，还需留下两百名固守渔场与海穹庐聚落，能腾出来的兵力，约有两千六百。不知紫鲷部的兵力如何？"

"紫鲷部有族民三千五百,竭尽所能的话应能派兵两千。"博尔兀抠着下颚的细鳞回答。

"而黄颌部虽算不上强盛,但族民部众也有上万之多,咱们两军相加总数还不足五千,比起敌方还是偏少。博尔兀,咱们这一仗可硬干不得啊!"

"的确,这是个难题,咱们得靠计策才能打垮黄颌部。我想……"博尔兀望着手里的凤螺壳,思索后道,"这一仗,咱们不仅得跟黄颌部交手,还得同时提防绿蟥部、蓝旗部、白鲳部以及赤瑁部这些蓝帝汗势力下的同盟部族前来支援。至少,我们这一口得像白鲨突袭猎物时那样咬得又狠又准,然后赶在丫髻鲛群合而围攻之前迅速撤离……"

"对,你说得对。"栾缇哥那望着海面,接着博尔兀的话道,"否则,我们恐怕就像群四面都被截断去路的大目鲔,惨遭虎鲸围猎而无力抵抗了。"

她们一起朝着海面望去,久久说不出话来。她们都明白,以她们目前的势力,要跟蓝帝汗所领导的联盟作战,简直就像一尾小小鲑苗妄想吞掉白须鲸那样不自量力。

博尔兀忆起了当年如何在白沙岛与蓝帝汗遭遇,又如何遭到羞辱的种种情形,她领悟到:要与黄颌部对抗,除了自己与栾缇哥那之外,还需要借助其他势力的帮助。

"那个……"

"我想到了!"几乎同一时间,博尔兀与栾缇哥那同时开口,好似两只相互抵触的蟹螯一般，她们又不约而同地停了下来。

"你先说。"

"不，博尔兀，你先说。"

"好吧……我想说的是，我们不必担心，咱们师出有名，苍生海会在冥冥中庇佑我们的。况且，你和我都不是简单的角色，蓝帝汗始终无法置你于死地，我博尔兀也不是容易上当的笨蛋，况且我紫鲷部里还有以往角鲸部第一勇士、第一战将丹顶额图真。想打垮咱们，可没那么容易！"

"丹顶额图真？那不就是传闻中，总是以敌方的血涂抹自己额头的战将？没想到她竟然在紫鲷部……"栾缇哥那抱着双臂想了想，豁然朗笑道，"也难怪，你们根本就是一条裹着紫鲷鱼皮的角鲸啊，博尔兀！"

"倒是被你拆穿了。没错，借着额图真的名望，这几年前来依附的部众许多都曾是当年跟随皇鲟单汗东征西讨的歌瓦。"

莫非，栾缇哥那早就知道自己是皇鲟单汗的长孙女？或者，她猜到紫鲷部骨子里就是角鲸部，仅仅是因为听过丹顶额图真的名号？意识到这一点，博尔兀不自觉地再度强调："我紫鲷部今日能有这一切，多半可归功于额图真……"博尔兀踌躇着，自己的身世，到底该不该告诉栾缇哥那呢？她有股冲动想对栾缇哥那说明一切，但对于公布身世后的利害，博尔兀却尚未深思过，因此就暂且搁置吧。

这时北方天空连续传出三声凄厉的鸣响，博尔兀听起来有些熟悉。对了,这不就是与栾缇哥那初次相识时救了她性命的响箭的声音吗?鲨齿簇头上穿着孔的响箭,穿过了赤瑁部巫医的颈子,接着栾缇哥那第一次出现在她的眼前……一眨眼,已经过去六年了。自己不再血气方刚,栾缇哥那也不再孤苦无依,但在拥有各自部众的同时,她俩肚子里的心眼儿却也不知不觉地出现了。要成为引领鱼群的潮流与海风,难道这就是必需的牺牲吗?正值初夏,这个想法却令博尔兀不寒而栗。

"三声响箭?部族里肯定有事,咱们回去吧,博尔兀。"栾缇哥那指着北方,她浑厚嘹亮的声音把博尔兀的思绪从迷惘中唤回。

她们立刻灭迹,骑上蛟龙。为了应变突发的状况,回程时她们右手持着弓,提着缰绳的左手随时准备抽出背上的箭。

沿途并未遭遇任何危险,但在接近黑鲔部的时候,她们却发现百余名黑鲔部的族民,不分雌雄老少都骑着蛟龙,拖曳着不大的棚船正在集结着。她们熙熙攘攘,七嘴八舌地嚷嚷着,喧闹的声音传出很远。她们一副兴高采烈的样子,钩、刀、斧、锯,每个歌瓦手里都拿着不同的工具,蛟龙拖着的棚船上全没载运任何东西。

栾缇哥那扯住缰绳,策着蛟龙上前,来到那群游猎民的聚集处。

族民们一见到栾缇哥那,纷纷围拢上前,手舞足蹈地说:"苍生海送来了难得的礼物……"一大群歌瓦、千百张蜥蜴嘴巴,一下子同时说话反而什么也听不清楚。栾缇哥那只有举手示意大伙儿安静,然后问道:"怎么回事?"

"我来说。长姊,天大的好事啊!"一名歌瓦从棚船与游猎民群中骑着蛟龙游了出来,她同栾缇哥那一样有着潮蓝色的鳞片,但身形较为矮壮。她说道:"长姊,方才出外巡远哨的海骑在西北方某个小岛沙岸上发现一条搁浅的大鲸鱼,头顶上长着藤壶,头部呈弓形,应该是只老灰鲸。大姊啊,部里的巫医说,那可是苍生海赐给咱们的礼物哪!"

"哦,灰鲸?所以你是要领着一大群族民去分解那条鲸鱼吗,栾缇海牙?"栾缇哥那咧着嘴问。

"对!"栾缇海牙直觉性地回答了,然后又夸张得连连摇着头道,"不对不对不对,巫医占卜的结果说,苍生海的礼物你才能领取,因此我射了三支响箭,然后先挑了部众集合在这儿,等你回来。"

"不错,海牙,你这样安排很妥当。"栾缇哥那当着族民的面夸赞二妹,"不过也有一点想得不够周详,你应当先派一支海骑前去看守,免得让其他部族抢先占去了。此外,即使这次出动的族民们已经随身带着武器,也还要派兵护卫,以免遇到敌族而不能抵抗。下次要注意。"

"是,我知道了,长姊。"

"那就好,在出发前,我为你引荐一个歌瓦。"栾缇哥那指着身旁的博尔兀道,"海牙,这位是我结义的好姊妹、苍生海见证的托答博尔兀,她是紫鲷部的族母。以后你要把她当作亲生姊姊一样尊重。"

"博尔兀姊妹。"栾缇海牙对博尔兀点了点头,对这位长姐的托答多了一份亲善之感。

栾缇哥那又向博尔兀介绍道:"这是我的骁勇善战的二妹,栾缇海牙。我们族里的部众都说,她可以活生生扒开一条鲨鱼的嘴巴,折断海象的长牙!"

"能有这样一个勇猛的妹妹,真是苍生海对你黑鲔部的恩赐呢。"博尔兀微笑着向海牙回礼,顺道打量对方。栾缇海牙的身材虽略矮,却很健壮,头顶上的鬣棘自颅顶一路延伸到颈中,表情举止承袭了长姐的那份爽朗豪气,却又多了点粗鲁的味道。

"那么,晚宴准备得如何了?"

"长姐,晚宴由答禄哥哥率众准备,应该能在天黑之前准备好。"

"好,博尔兀,咱们随着我的族民去看看那条灰鲸如何?假使新鲜的话,便叫她们顺道割些鲸肉回来在宴会上大口嚼!"

"嗯,这就去吧。"

第二节
盟约

灰鲸就搁浅在浅滩上,歪着身躯任由阳光撕裂着它光滑细腻的肌肤,起伏的海浪仅能抚慰它躯体的一小部分。黑鲔部的游猎民将棚船靠在近处的沙滩上,然后拿着各式器械缓缓逼近。这头灰鲸已然奄奄一息,却还没断气,半闭着的双眼注视着靠上来的游猎民们。以鲸的智慧，想必早就明白眼前拿着长短工具的爬虫类生物，将会一块一块地分食自己的躯体，然而它负荷不了自身的重量，丝毫动弹不得。

　　游猎民绕着灰鲸围成个圈，栾缇哥那与博尔兀会同几个亲信攀上灰鲸的身躯，望见了它头顶浅凹处的一对狭长的换气孔。博尔兀伸手往换气孔旁探去，只听见灰鲸沉重而缓慢的鼻息，她摇摇头，叹道："当它在海里的时候，能喷出高耸有力的水柱，把歌瓦喷上天去，只可惜到了陆地上，就只有任咱们宰割的份了。"

　　这时来了三个巫医，这些雄歌瓦们身披亮丽的五色鳞袍，长袍边缘全镶着一根根修长优雅的鱼类鳍条，蜥蜴头颅上戴着鲜明的虎鲸头骨作为饰冠，冠沿插着数对海鸟羽毛。他们各自拿着法器，其中一名歌瓦一手拿着海豹皮制作的铃鼓，另一手拿着鱼鳍与鸟羽织成的扇子，长尾巴上也缀饰着鸟羽；另两名则一手拿着鲛吻制的锯剑和旗鱼喙制的旗鱼剑，另一手拿着镶有铜铃的鱼骨盾②。

----

②依据最通俗的游猎民风土志《潮祷祭仪》，曾对游猎民巫医的穿着含义有所记载：

　　a.巫医的五彩鳞袍乃是广采大洋中多种鱼类鳞片编织而成，披上鳞袍象征着继承沧海众生的灵魂与意志，长袍边缘所延伸出的鳍条则象征着巫医的智慧鳍，使他们的意识能抵达与神灵沟通的海沟深处。

　　b.虎鲸或海豚的头骨常被削制为头冠，这是因为巫医认为海豚与虎鲸额间所发出的为首的巫医缓步上前，拭去灰鲸眼旁流出的泪珠，抹在自己的蜥蜴头颅上，跟着呜咽地抽泣起来。片刻之后，他突然纵身后跃，以怪异的语调和声音展开长裤，同时左手摇着铃鼓，右手挥着羽扇，身子不住地抖动，跟着便发狂似的舞动了起来。其余两名巫医也跟着挥动手中法器，震着镶有铜铃的盾牌，弓起身子加入狂舞的行列。

巫医们彼此绕着圈，脚爪踩着不协调、却又隐隐符合某种韵律的节拍，就像几只争奇斗艳的魔鬼蓑鲉大大地撑开鳍条，夸张地展示着斑斓体态。长裤舞持续了好一阵子，直到为首的巫医再度大喝一声，以颤抖的羽扇指着栾缇哥那，额间的松果眼放出肉眼看不见的闪光，音调曲折地嚷道：

"苍生海……赐予……栾缇哥那……灰鲸，取画戟分之。"这时另两名巫

多种喀喀声，是它们用来与鱼群对话的语言。一旦戴上鲸骨头冠，巫医便能准确地从卜卦中找出鱼群的方向与速度。冠上海鸟的羽毛则让他们的心能像海鸟一般遨游各处，广览各海域的潮流。

c.海豹皮铃鼓的声音能够引导万物亡灵去到该去的地方。

d.鱼鳍与羽毛的扇子以及尾巴上的羽饰，能够告诉亡灵方向，将他们吹向海底的另一个海洋。

e.锯剑、旗鱼剑、鱼骨盾，当巫医穿戴着这些法器，代表它们正与一个顽强的猎物(通常是大型须鲸类或鲸鲨)的灵魂搏斗;而这些法器正是苍生海赐予巫医杀死鲸鱼的权力之代表。

医抬来了一把方天画戟，横置在第一位巫医身前。族民鼓噪了起来，百余对眼睛同时注视着族母。

只见栾缇哥那挺着胸膛，毫不犹豫地走到画戟跟前，面露微笑地屈膝跪坐，恭而不屈地从巫医手中接过那柄画戟，然后起身面对族民，喊道："黑鲔部的子民们，命运是眷顾咱们的。现在，凭着这柄苍生海所赐的画戟，凭着苍生海的祝福和神力，假使往后对付我们的敌族，都像今日割灰鲸一样痛快的话，那么咱们黑鲔部的弯刀就永不生锈！"说罢，栾缇哥那举起画戟，铆足浑身蛮劲砍入灰鲸的躯体，跟着一钩一扯，拔出带血的画戟喊道："看哪，这就是苍生海恩赐的血肉！是我黑鲔部滋养新生小蜥的琼浆！"

"大伙儿快上啊！"栾缇海牙也在一旁煽动着，顿时，黑鲔部的族民无不怀着狂热蜂拥而上，迅速地展开了肢解灰鲸的行动。

她们先以刀与钩在灰鲸皮肤上划开一条长痕，再钩上大铁钩，铁钩连接着绳索拴在数十匹蛟龙上，另有些钩子则由游猎民拖动，在栾缇海牙的号令下，缓缓将这纵贯鲸躯的伤口拉开。几名身手利落的歌瓦提着刀跃入伤口内，开始切割巨鲸，有些分离着灰鲸的皮与肉，有些则将鲸肉逐一割下。

当肉块被抬出来送上棚船，又有更多的游猎民爬进灰鲸体内割肉；而外部的作业也没有停止，胸鳍、尾鳍都被卸了下来，几个身强力壮的歌瓦挥着锤头试图敲碎寄居在灰鲸头顶的巨型藤壶，还有许多雄蜥忙着收集皮下的脂肪。

血腥味飘得很远，海鸥、燕鸥、信天翁这些不速之客盘旋在天空，恰好帮游猎民挡住不少阳光。几只大胆的海鸥则趁着歌瓦们不注意的时候俯冲，成功啄食了一小块肉屑，它们本还想再啄几口，却被驱离了。邻近海域的几十种鲨鱼敏锐地嗅到血的气息，纷纷赶向这块浅滩，顿时整个海面上高耸着三角形的背鳍。游猎民偶尔丢出几块碎肉，便引得鲨鱼争食，它们抢了几回之后便觉索然无趣，再加上巫医施法在海域放出讨厌的弱电场，聪明的鲨鱼们后来全都快快不快地离去了。

栾缇哥那和博尔兀沿着灰鲸的尸体漫步，这时巨如船头的灰鲸头骨已经暴露在一片血肉模糊之中，上颚连接着数百条黄色刷状鲸须。栾缇哥那指着鲸须说道："这灰鲸对咱们用处甚是大，只可惜了它不像虎鲸有许多锋利的牙齿，能够打造成匕首使用。这鲸须也不能当燃料，大概是全身上下最没用处的地方了。"

"那可不一定呢，栾缇哥那。"博尔兀指着鲸须笑道，"你有所不知，我在陆地上的时候，曾听人类说过，他们的贵族妇女的衣着中，最高贵的大篷裙，就是用这些鲸须做支架的。不如将这些鲸须储存起来，待来年途经大海东方的海岸，再卖给港口的商旅。"

"哈，我都差点儿忘了，你是在陆地上长大的！对于陆地上的人类，我除了偶尔能在商船上见到外，就是在上岸劫掠的时候看得最多了。不过那也只是匆匆一瞥。除了海岸与港口以外，我从未更深入陆地一步。"栾缇哥那橘色的双眼突然闪烁着好奇的神情，"博尔兀，你能说说，海岸与港口以外的陆地是什么样子吗？"

"陆地啊……"博尔兀尝试从模糊的印象中搜寻记忆的影子。她闭起眼睛，幽幽说道，"比起海洋的不定性，陆地的天气比较温和，顶多下着暴风雨，却不会刮起滔天巨浪；陆地上的歌瓦和人类多半居住在房屋内，不像咱们拖着海穹庐四海漂泊。"

"陆地上的房屋好像都筑得很坚固，形状也很是好看，里头还放着许多巧妙的设施？"栾缇哥那问道。

"嗯，房屋里放着床，能让歌瓦或人躺在上头歇息。还有桌、椅、柜、架等各种放置器皿的器具，陆上话叫它们'家具'，就是家里的固定摆饰。"

"家具？那'家'又是什么呢？"

"大部分陆地上的人类和歌瓦都固定住在一个地方，不像咱们总跟着洋流和鱼群漂流，而他们的子子孙孙也多半住在同一个地方，甚至同一间房屋里，对这些人而言，所住的地方，就是他们的'家'。"

"哦……还有这样的东西啊，那他们都不吃鱼肉，只吃些没营养的草，哪有什么力气打仗呢？"

"不，不，陆地上的居民也吃肉，他们吃许多动物的肉，鸡、鸭、牛、羊、猪这些动物就是他们最常吃的，咱们也常在大岛屿居民那儿见到。还有两种动物叫作'马'和'驴'，是人类最好的伴侣，它们用四条腿像风一样地跑着，可以把人送到任何想去的地方……"

"嗯，牛羊肉我吃过，味道还好，但却总没有鱼肉甘美，此外肉质又硬又难咀嚼，很难下咽。你说的那个'马'我也见过，有回我去偷袭一个沙滩上的村子，恰好遇见一个人类骑着一只比我肩膀还高的动物挥剑向我杀来，头大约这么长，脚上没长爪子，却有个又硬又黑的蹄子，挺不好惹的！"栾缇哥那伸手比画着马头的尺度。

"嗯，那是马没错。"博尔兀继续说道，"刚刚我没提到，我在路上曾听说，有一种人，他们不居住在房子里，而是整天骑着马逐水草而居，住在羊皮缝制的包里，陆地上的人管叫他们'游牧民族'，生活方式跟咱们游猎民挺像的。"

"真的？陆地上也有这样的种族，那可真是奇了，若有机会，我定要亲自跟他们谈谈，听听他们对咱们的看法。"

"不只如此，那些定居的陆地民族创造出更辉煌的文明。陆地上有几百种语言、几十种文字，有文字便能把所说的话都记下来，不会轻易忘掉，还能用文字写下自己的名字证明身份。因此陆上民族可以把记事情的精力花在思考上，所以每代都能发明出新的好东西。像来自陆上的弩，就能让雄蜥发射的箭也具有雌蜥一样的威力，这都是拥有文字的好处。"

"文字，好！总有一天，我要去陆上捉几个脑袋灵光的学者回来，逼他们发明一种属于咱们游猎民的文字，让我黑鲔部的子民，世世代代也能发明像弩一样的好工具。"栾缇哥那闻言不禁赞叹。

"还有，陆地像海洋一样宽广，有着数不尽的国家，每个国家的居民穿不同的服饰，盖不同的房子，从村子到市集，再从城镇到堡垒，各地都有堪称世界奇观的宏伟建筑。比如说人类的宗教圣地伦城便有高耸入云的空中花园，万年皇都格里的每块砖头都承袭着过去历朝历代的精华；东岸的白鸟城傍山而筑，雪白的城墙与陡峭的山壁巧妙地融为一体，就像只海鸟展开的翅膀；此外，据说密罗汀教廷的主教院的城门高得令仰望者感到脖子酸……"

"太有趣了，没想到海洋以外的世界，是这么的奇妙！等我振兴了黑鲔部，一定要到陆地上好好游历一番。我还要派遣出使节，同这些陆上国家建立友谊，让我的孩子们都见识见识这些住在房子里的民族所组成的国家！"

"好啊，如果那一天到来的话，就让我充当你的向导，看尽天涯海角的美景奇观！"博尔兀欣然道。

"好！"

嗅着扑鼻而来的血腥味，博尔兀与栾缇哥那再度相视大笑。夜幕低垂，一只趾高气扬的海鸥用灰鲸肉屑填饱了肚子，拍着翅膀乘风离去。而灰鲸尚未被肢解完，于是游猎民点燃火炬，毫不懈怠地干活。等到全夜空最闪亮的鲔宿二(苍狼星)升起又落下，才总算大功告成。

夜宴在黑鲔部最大的一顶海穹庐举行，穹庐壁外尽是荧烛乌贼，一眨一眨闪烁着点亮这片水下星空。她们大口啖旗鱼肉，大口饮椰子酒。最后在巫医的见证下，博尔兀与栾缇哥那缔结了共同攻打黄颌部的盟约……

长牙岛距离紫鲷部与黑鲔部各约五日航程，两个部族的游猎民联军于此会师。

长牙岛原先的住民，包括七个歌瓦部落和两个人类村庄，都在游猎民的强势压制下沦为奴隶。他们并不是不想抵抗，而是无力与这些强悍的海盗抗衡。博尔兀与岛上的居民相约，只要岛上愿意提供紫鲷、黑鲔二部远征军的军粮，等到战事结束，游猎民将一个也不留地撤出长牙岛。

栾缇海牙腰悬弯刀，扬着尾巴，率领百名黑鲔部士兵踏上长牙岛，一路穿越茂密的棕榈和椰林。到处都是虫鸣鸟叫，松软的土壤对栾缇海牙的脚掌而言，还是不熟悉的触觉。一大群蛮横鲁莽的游猎民信手摘花拔草，将当地居民悉心照料的林径景致糟蹋殆尽，泥径上只留下杂乱的爪印。

抵达人类的村庄时，年迈的族长早领着族人在此等候了，村民赤裸着上身，在他们前面有二百多个篓子，那是约定献给游猎民的战粮。

长发白须的老人一见到栾缇海牙凶神恶煞般的蜥蜴头颅，便叽里呱啦地说个不停。栾缇海牙一个字儿也听不懂，她不耐烦地斥退了长老，大声喝问："谁会说这些人类的话？给我出来翻译。"

一名持矛的雄歌瓦从海牙身后的队伍走了出来，回答道："栾缇海牙，这老人的意思是说,按照与征服者的约定,献上二百篓熏鱼干。"

"熏鱼干?还真有时间哪。"栾缇海牙嘀咕着走上前,掀开篓子上的棕榈叶,随手抓起一片鱼干,就要塞入嘴里尝尝。这时她的眼角却瞥见许多原住民那怨恨的目光,顿时将鱼干从嘴边移开,然后以迅雷不及掩耳的速度拔出弯刀,架在族长的脖子上。这突如其来的动作使得人类村民与她身后的游猎民一齐发出了惊呼声。

"随便抓二十个人出来,快!"栾缇海牙大声怒喝着,她属下的歌瓦立刻照办,用弓箭和弯刀押着二十个男女老少出来。

栾缇海牙要每个人类站在篓子前面,然后喝令:"吃!叫他们全都给我吃!每个人都要吃十个篓子的鱼。"雄歌瓦于是以当地语言说了。住民们虽不明就里,却还是遵照指示拾起鱼干咀嚼。栾缇海牙则瞪着双眼等在一旁,一把揪住长老的胡子。

片刻后,栾缇海牙见他们吃鱼干时并无迟疑,而鱼干吞下肚后身体也没有出现异状,才将弯刀撤下,以眼神示意长老起身,接着命令属下把吃鱼的人都赶回原处。

然后她面向那个充当翻译的雄歌瓦,问道:"小雄蜥,你叫什么名字?"

"我叫帖帖儿。"

"好,你去告诉他们,这个村子很讲信用,鱼干里没有掺毒,苍生海不会忘记这一点,他们会有好报的。"栾缇海牙又回过头去吩咐道,"除了埋伏在村子周围的几个斥候外，把村子里负责监视的所有士兵都撤回来。今儿个收完这些战粮，就得去教训黄颔部了，咱们黑鲔部得尽量集结兵力才行。倘使接下来的几个歌瓦部落也像这些人类一样诚实，那么咱们就又多了百余个士兵可以出征了。"

"栾缇海牙，说到这儿我就搞不明白了，为何用咱们黑鲔部锐利的弯刀，去帮紫鲷部那个黄鳞片、紫眼睛的博尔兀杀黄颔部呢？"这时海牙身后，一名身材细瘦、有着褐绿色鳞片的歌瓦忍不住发牢骚，"更叫我不能忍受的是，何以我们需要按照那个丹顶额图真的计划作战呢？每次瞧见她顶着额顶的红鳞片，一副耀武扬威的模样，我心里就老大不舒服。结盟约时不是共推栾缇哥那为盟主吗？栾缇哥那才应该发号施令啊！而且……"

"住口，古飞！你在这个时候说这些话，是想要毁坏咱们与紫鲷部的盟约吗？博尔兀是族母结义的托答，她还冒着丢掉自己朋友性命的危险来向我长姐示警，你说，她对咱们族母会有什么恶意吗？"栾缇海牙面露凶光，转身呵斥。

"可是……"

"还可是什么？你想想，黑鲔部被蓝帝汗击溃这么多年了，栾缇哥那族母这些年来东奔西游，好不容易才在汪洋上闯出个名号，辛苦地四处召集了部众族民，你当初不也是佩服族母的英雌气概才来投靠她的吗？"

"是啊……可是，正因如此，我才觉得，栾缇哥那这样帮博尔兀不值得，我的弓箭不愿为紫鲷部效力啊！"古飞也吼着宣泄出自己的不满。

"哪有什么不值得的？咱们黑鲔部在黄颌部等的欺压下，好不容易才有今日的局面，但要单凭自己的力量消灭黄颌部，却根本不可能；相反，只要黄颌部愿意，她们的兵力随时可以把我们打得沉入海底。现在好不容易有机会，能集结到与黄颌部一决雌雄的兵力，咱们为什么要放弃？更何况，咱们的敌人不只黄颌部一族，绿蠵部、白鲳部，还有赤瑁部都更大更强盛，假使咱们不能趁现在打败黄颌部，收纳她们的部众士兵，将来又有什么实力跟蓝帝汗打呢？"

古飞当下哑口无言，握着拳头怒视栾缇海牙。

"古飞，念在你三年前带着四百部众投靠族母的这份恩情上，今天我不跟你计较，但下次要让我还听到你这么说，就没这么好办了！"栾缇海牙指着古飞，大声训斥着。

"……你是栾缇哥那的妹妹，我争不过你。"古飞咬着利牙冷冷说着，然后转身离开队伍，独自沿着来时的泥径离开了。

"你……你这说话像海蛇一样狠毒的贼蜥儿……给我回来！"栾缇海牙气得握住弯刀柄，差一点儿就让刀出鞘。幸好周遭的士兵们纷纷上前拉住她，才没让事态继续恶化。

海牙的冲动被一群属下给阻止后，还余怒未消地嚷着："呸！这混账，等我收完战粮回去，一定要向长姐说说这件事！一定要让她付出代价！"

这时部属里有个雄蜥劝道:"栾缇海牙姊姊,别跟她一般见识,她这般自私贪婪,苍生海一定会惩罚她的。"

"是吗?只是,古飞当初不仅带来了四百部众,还提供了许多蛟龙给族母,加上她的长矛在战场上永远都能刺穿敌人的脑袋,我想族母暂时还需要她。"另一个道。

"唉!"栾缇海牙叹气道,"你们都不知道,当年黑鲔部分崩离析的时候,古飞也离开了我们姓栾缇的这些世族,在我们最孤苦无依的时候,也没有帮助过我们。直到三年前,族母率咱们杀死了陆地上日珥国的将军,烧毁了讨伐舰队,古飞这个家伙才兴冲冲地率着部众来归。没法儿,咱们的力量就这么一丁点儿,谁来了都是我们需要依赖的力量,唉!"

"你别担心嘛,海牙姊姊。栾缇哥那族母天生就是苍生海选中的汗女,这一仗咱们一定会获胜,黑鲔部一定会强盛起来的!到时候族母自然就有能力作决定了。"这时有个尖细的声音安慰栾缇海牙。海牙回眸一看,原来是刚才充当翻译的那个雄蜥帖帖儿,于是她半眯起了眼睛,看着帖帖儿。

"唔……是你啊。"

"没错,是我。"帖帖儿笑道。

栾缇海牙看着帖帖儿沉稳的说话方式,觉得他颇为值得信赖,于是将这个雄歌瓦的名字暗自记下来,然后指挥部属们继续执行战粮征收的工作……

"我的托答，为了不耽搁战事，今晚以椰汁代椰酒，作姊妹的敬你一瓢。"主宴席上，栾缇哥那举起了手中的椰壳，对博尔兀示意。

"好！栾缇哥那托答，我也敬你！"博尔兀也端起椰壳回礼，双方都将椰汁一饮而尽，开怀地又干上一杯。

是夜，长牙岛的沿岸摆开了筵席，火炬在沙滩上绵延了几千步。游猎民们个个开怀地啃着鱼肉，嚼着巨鱿肉。要是噎住了，就剖开椰子，品尝里头清凉的汁液，顺道挖些口感奇特的椰肉塞塞牙缝。不分雌雄老少，每个歌瓦身边都放着她们的弓矢武器，以及整装好的战备——白昼所征收的战粮，也在筵席进行中逐一分发给各处将士。过了今夜，紫鲷部与黑鲔部的联军便要出征，去讨伐黄颔部。

对博尔兀而言，这是成为族母后的第一场战争，不仅是为救助朋友而战，更是为了振兴角鲸部而战；对栾缇哥那而言，这是她历经千辛万苦之后，首次有能力对比自己强大的仇敌发动复仇，也是首次获得坚强而巩固的盟友。

这一仗，对她们俩来说同样是个赌注，同样不能输！

于是趁着筵席的尾声，栾缇哥那集合了联军的所有将士。面对眼前的数千支火把，这位黑鲔部的复兴英雌展开了激情澎湃的演说。

"联军的将士们！"栾缇哥那洪亮的声音在沙滩上扩散开来，"在这无情又残酷的海洋上,在这海风吹拂与洋流飘移的大海上,今夜我们就要离开这座小岛,乘着我们的蛟龙出征了!"在栾缇哥那的声音划破空气传了出去后,原本还隐隐喧闹的沙滩上顿时只剩下了噼里啪啦的火焰爆鸣声。她继续说道:"黑鲔部的族民,历年来跟随我受尽各方欺凌,与妻主丈夫失散、小蜥沦入鲨口的事情时有发生,而黄颔部的旗勒忽兰更是一条又毒又狠的恶贼。多年前她背弃了与我曾祖母用苍生海见证的友情,前来抢夺我们的部众百姓,还不时骚扰黑鲔的旧部。不但如此,她那比章鱼墨囊还漆黑的心肝,这回竟敢使用卑鄙阴暗的手段,想借着紫鲷部的力量除掉咱们黑鲔部。幸好我的托答、紫鲷部的族母博尔兀惦记着彼此的友情,没有背弃苍生海所见证的誓约,才让黑鲔部免去这次灾祸⋯⋯

"⋯⋯正因如此,我们两族结为同盟,现在我们有了足够的力量,能够前去消灭邪恶的黄颔部。黑鲔部和紫鲷部的战士们啊,让旗勒忽兰这老贼蜥保不住她的尾巴,让黄颔部的部众领着海穹庐来到我们的聚落,让旗勒忽兰的女孙也尝一尝夫离女散、四海漂泊的痛苦吧!以往她们加诸在我们身上的仇恨,这次要一根鱼刺也不剩地奉还回去!"

愤怒的火苗在游猎民之中滋长着,她们回想起了曾被劫掠的痛苦,想起了黄颔部的高傲与嚣张。千百支火炬的焰光全都汇聚在沙堆顶端的栾缇哥那的眼里,使得她橘色的双眼也放出了熊熊怒火,颅颈上的长棘高高地竖了起来,还"咔咔"地响着。她高举手中画戟,大喝道:"黑鲔部的勇士们,挥动你们手中的弯刀吧！紫鲷部的勇士啊，搭起你手中的弓箭吧！今夜我们要跨上蛟龙、拴上巨鱿，燃烧着复仇的火把与意志，让苍生海的愤怒领导着我们成为疯狂的白鲨、化作凶狠的抹香鲸。让我们吹起复仇的暴风吧！"

霎时间，底下的游猎民全都举着火把高声呐喊，颈部长棘的"咔咔"抖动声响彻了整个长牙岛，紫鲷部与黑鲔部的联军就在这个群情激昂的夜里，乘着海浪出击了！

第三节
飞驰雷电

这是个难得的夏季夜晚。举头仰望天际，满天星斗就像固定在岛屿清流里的石头，一阵阵捉不着形影的气流就像河水涌过一样，让晨夜星光更为明明灭灭、闪闪烁烁，好像满天都飞满了萤火虫似的。

海鸟都回到悬崖孤岭歇息了，蛟龙偶尔的鸣啸伴随着巡哨海骑手上的火把，棚船一艘艘都围成圆形，偶尔传来游猎民轻声的呼唤声和海面翻腾的水花声。

旗勒忽兰跷着腿，慵懒地将尾巴横放在棚船甲板上，面向外享受着难得的海风。几个女儿为了谁该继承族母的位置，从正午一直吵到刚才。海穹庐里实在闷得发慌，年迈的她再也受不了，索性将女儿们一个个轰出海穹庐，独自到海面上贪个清凉。

这些女儿们可真是了得，可真有雌心壮志啊！一百二十岁是应该把族母的位置交给女儿们，好安度余生的年纪了。可苍生海怎么给了她些早该喂鲨鱼的笨女儿？唉，偏偏连属下和部众也都被贪心迷惑而分成了几派，简直成了分逐不同潮流的稚龄鱼群。唯一知晓苍生海旨意的巫医也被大伙儿拿匕首指着，连下眼睑也不敢睁开，更不可能张嘴好好说句话。真是！真是！

"真是麻烦！"旗勒忽兰又情不自禁地咒骂了一声。

几个女儿不团结，成天只知道为了族母的位置吵、吵、吵，吵个不停，还打不歇手，要不是黄颌部与蓝帝汗交情不错，黄颌部哪能维持到今天？黑鲔部的栾缇哥那日渐强盛，本族以往与这只小雌蜥结怨已久，这蓝鳞片、橘眼睛的蛮横后辈就像一条孤独的苍鲨，随时想趁着本族没有防备，从深海蹿上来咬一大口……真是，女儿们一个个都看不清这点，只知道争权夺位，这族母的位置，她怎么能放心交得出去啊？

旗勒忽兰瞥见海面下青绿荧光闪烁的海穹庐聚落，又想起前一阵子做的事情：当时拿那两个陆上来的歌瓦和那个难养的人类去要挟，不知道紫鲷部的族母上不上当？她是像当日向使者表明的一样根本没有这三个朋友，还是正在寻找机会对栾缇哥那下手呢？

要是她已经下手、又成功了的话就好了，这样，把栾缇哥那的脑袋瓜儿交给赤瑁部的话，黄颌部下次能分到更多征服的部众。不论是哪个女儿当了族母她也放心。可是，紫鲷部的族母究竟接受那条件了没有？

黄颔部的老族母左思右想，不确定之前由阔出台抓回来的两个歌瓦和一个人，到底能不能发挥效用。要不就干脆叫阔出台把他们砍了算了？两个歌瓦倒还能当奴隶，那个人类不能喝海水，还得天天弄淡水来养活他，实在是够烦了！

到底紫鲷部的族母接受了条件没有？还是……

正当旗勒忽兰的思绪还徘徊在那模糊的可能性之间时，她无意识地抬起头，远方海面上的一线火红映入眼帘，在夜里，并排的火炬更令她瞩目。

"合勒，不是要你吩咐下去，在这个海域，入夜以后，不许再大规模出外围猎吗？这个海域多是幼鱼和鱼苗，现在捕光了将来咱们吃什么？今天吃多少，日后苍生海就要咱们挨多少饿……"她的话还没说完，身旁的雄蜥便惊叫道："旗勒忽兰！不，族母！那不是本族的围猎队伍啊，那是……"

"夜袭！"这个念头飞快闪过旗勒忽兰的脑海，她连忙撑起笨拙的身躯，喊道："有敌族夜袭啦！快拿我的弓箭和鲨甲来！"

"夜袭啦！夜袭啦！遭到夜袭啦！快拿起武器应战啊！"雄歌瓦合勒连忙扯开尖锐的嗓门大叫。消息很快便传遍整个海面，棚船里的雌雄歌瓦们立即背上弓箭，一刀斩断蛟龙的系绳，跨上龙颈，双腿一夹就往外集结了。

棚船里留下的雄歌瓦立刻持起长矛向外，顺着棚船的停摆方向围成一圈防御阵势③。慌乱中,一名游猎民奔向一艘特殊的棚船,大吸一口气,朝着棚船上的一根管子猛吹,铜管延伸到海中一个形状类似抹香鲸头颅的巨大囊器中,顿时整个海面以下响着犹若雷鸣的声波。位于海穹庐内的大部分游猎民先是感触到海穹庐的震动,接着雷响传来,她们二话不说,全都抬起身旁兵器蹿出海穹庐。

她们有的抄起渔叉召集伙伴,有的则拉起拴在巨鱿头部的绳索绑在自己右臂上,借由巨鱿鱼拖动身躯快速在水中穿梭;更多的游猎民则直接往海面上冲,要骑着蛟龙去支援水面上的伙伴。

水花声四起,水上面尽是游猎民的呼喊声,她们点起了火把——海骑迅速集结着,雌的持弯刀,雄的拿长矛,严阵以待。

旗勒忽兰骑在蛟龙颈上,左手接过象征族母地位的棘鳞枪,雄歌瓦合勒

----

③把棚船彼此连接、围成圆形,并把大型船只围在中央的排列方式,是游猎民船队遭遇战斗时的临时应变方法。拿着长矛与弓箭的歌瓦将以棚船为掩体,在甲板上随时准备迎击入侵的敌军。各船之间彼此平行排列,横列集结的方式使敌军即使夺下一艘棚船,也只能从这艘船向中央突破,防守者只需堵住这一突破点即可。每一艘船都像一道独立的城门,通往中央的空间由海骑与鱿骑兵把守,入侵者将在这里遭遇第二波的阻挠。而在最中央的则是由陆地购买而来、载运物资用的大型船舰。通常一旦形成这类阵形,很有可能爆发大规模的水下战斗。

与另一名奴隶则熟练地帮她穿戴鲨甲。她年事已高,体衰力竭,对于打仗之事却从不畏惧,一柄剽悍的棘鳞枪在手,即使老鳞残涩,但凛然的气势却分毫不减。

"母亲。"

"母亲!"

"祖母。"旗勒忽兰正值壮年的四个女儿先后骑着蛟龙,带着自己的子孙来到她周围,等待她发号施令。女儿们多是七八十岁的年纪,虽不再强壮,浑身的蛮力和武艺却也都还没被苍生海的时间灵给取走。

"妈妈,我来了。"这时又一名海骑上前。

"跟你说过多少次了!打仗的时候不要叫我妈妈,叫母亲!你这个笨女儿!"旗勒忽兰气得七窍生烟,面对最小的女儿毫不留情地训斥着。

"是,妈……母亲。"

"窝里、忽森、阿百答、牙冽儿。"旗勒忽兰唤着年长的四个女儿的名字,"你们瞧瞧,那来袭的敌军有多少?"

"约有五百!"

"好,这五百……"旗勒忽兰望着来袭敌军,忽然心生一计,"你们各领自己的女儿和部属,这一仗谁能砍翻最多的敌军,往后这把棘鳞枪就是她的了!"夜袭的敌军仅有五百,很好应付,也可顺道看看四个女儿和孙女们的才干。

"旗勒忽兰族母,新的海刃才刚组装完毕,要叫奇格尔下海去吗?"一名歌瓦从后方喊着。

"不用,叫奇格尔做好准备就行了,对付这一小群沙丁鱼,用不着动用海刃!"旗勒忽兰眨了眨眼,又喝令,"阔出台在不在?"

阔出台应声上前道:"我在,族母有何吩咐?"

"你用不着出阵抗敌,夜袭有我对付已经足够了!你还是把那三个要挟紫鲷部的筹码看紧一点儿!这一仗,你就专心守着他们吧。"

"可是族母⋯⋯"

"叫你看着就看着!啰唆!"旗勒忽兰不耐烦地喝了几声,然后把视线转回正前方,对着逼近中的火把,手中棘鳞枪往前一指,喊道,"杀出去!给我杀干净!"说罢她勒着缰绳,一龙当先便冲向来袭的不知名敌军。一时之间黄颌部众海骑纷纷拔出弯刀,挺直长矛,个个奋勇争先。族母的四个年长女儿更是在欲望的驱使下,毫不犹豫地拔出弯刀。

首先是一阵弓矢交错,箭如雨下,许多来袭者的火把被熄灭,但也有许多黄颌部士兵应声落水。在还没办法射出第二箭的时候,双方的距离已经近到能在火光照耀下看清敌方身份,兵刃的交战也几乎同时展开。

旗勒忽兰注视着敌军阵中的领导者,对方也不断地吼出命令,她只听见:"黑鲔部的弯刀,划破黄颌部的喉咙!"接着领导者身后一片呐喊呼应,震耳欲聋!

"黑鲔部！那不是栾缇哥那吗？"旗勒忽兰心中一凛，再度向对方领导者望去。只见她双腿跨着蛟龙，右手撑弓，左手搭箭，朝着自己这边冲锋而来。

正是栾缇哥那！就在旗勒忽兰认出敌方的同时，栾缇哥那已将弓瞄准她喊道："黄颔部！旗勒忽兰！栾缇哥那在此，今日就要你们把命交出来！"在旗勒忽兰刚意识到栾缇哥那话语里的含义时，一声凄厉的悲鸣已然驰过她身边，接着便响起歌瓦中箭的哀号。那的确是栾缇哥那，响箭取命的特征让她的名声传遍众多部族。

栾缇哥那拔出腰间弯刀，大声怒喝，正面砍倒一个黄颔部的海骑。这时双方游猎民早已陷入炽热的战斗，弯刀与长矛挥舞着，不断地截断肢体，夺取性命。

"杀死黑鲔部的！杀！给我杀，一个也不许留！"旗勒忽兰有些疲累了，但她仍声嘶力竭地大喊。几个精兵立刻将她保护在阵中。而这时，海面以下至为关键的冲突也同时爆发开来，双方歌瓦拿着兵刃互相戳刺，哪一方能掌控整个海面底下，战局便对哪一方更有利。

黑鲔部的进攻的确猛烈，她们的弯刀锐利，动作迅速，但是黄颔部的海骑数量远在她们之上。激战很快便有了结局，黑鲔部终究支持不住，纷纷丢下火把，转身逃走，她们的身影很快便消失在海面上。

"追！快追！千万别让栾缇哥那这条黑鲔鱼溜掉！给我追！"

"追上去，一定要逮到栾缇哥那！快追！"旗勒忽兰的四个女儿精力十分旺盛，她们方才也都听见了栾缇哥那的名号，而她们也都知道，栾缇哥那的头颅，不仅仅能让她们进入黄颔部族母的海穹庐，更能与赤瑁部的蓝帝汗攀上交情。于是，在单纯而狂热的野心驱使下，她们不顾一切，甚至完全忽略母亲的命令，纷纷率着各自的海骑穷追猛打。

黑鲔部在逃命时全都丢了火把，想趁着黑夜的掩护溜走。黄颔部当然不肯轻易放过这个大好机会，她们高举着火把，双腿夹紧蛟龙的颈子，以最快的速度奔驰在海面上，试图以火光探查黑鲔部的逃离方向，再追上予以歼灭。

而这时，邻近黄颔部海穹庐聚落与棚船群的海域，一双攀在海底礁石上的指爪挥了挥，向身后十多名跟随者示意：该行动了！她们仰望着，动荡的波涛与蛟龙的腹部把星光打得支离破碎，从海底礁石往上看，只能见到涟漪不断在水面扩散着，经过剧烈的波动后，蛟龙全都朝着同一方向摆动尾巴离去。海面以下的点点烛光，每一盏都代表着一位手持长矛的游猎民士兵，她们也都跟随着水面上的同伴们，一同追逐败逃的夜袭者去了！

到了动手的时候了！鱿勒掏出匕首衔在嘴里，稍稍挥动长尾巴，让尾巴尖端拍拍身后跟随者的肩头；身后的雄歌瓦也衔着匕首，再用尾巴将信号继续传递下去。

等一切都准备就绪，鱿勒的指爪从礁岩上松开，她轻轻摆动尾巴，贴着礁岩的起伏地形缓缓前进。

逐渐接近黄颌部的海穹庐聚落下方,鱿勒抬头观察,由于都去追击敌人的缘故,留守的哨兵并不多,且多半是三三两两提着荧烛乌贼的单兵,很少有由巨鱿拖动的快速鱿骑兵。夜袭提高了巡哨的警惕性,但要以区区数十个歌瓦监视偌大的海穹庐聚落,即使听觉再敏锐、精神再集中,也不能够顾及所有。

趁着头顶的两名海兵游过,鱿勒一搭身后雄歌瓦的肩膀,迅速摆尾蹿升,直向海兵身后游去。她的动作是如此轻巧,以至于在海兵惊觉有异状的刹那,吻部就被一只手给罩住向右扳,锐利的匕首锋刃毫不犹豫地切入他的喉咙。而当泡沫从第一名海兵的气管往出冒,血液的影子模糊晕开之际,另一名海兵即使察觉了鱿勒的行动,利刃也已在此时切断了她的脑袋。

然后鱿勒拖着尸首回到礁岩,接过荧烛乌贼,搜索可用兵器。接着她又带领部众袭击了数位黄颌部海兵,直到她们搜集了十二只荧烛乌贼,才大大方方地从礁岩处现身。她们提着长矛,衔着匕首,从容地摆尾游向黄颌部扎营地之中的一处珊瑚礁屿;而另一队,则朝着相反的方向游去……

珊瑚礁屿上,阔出台举着火把,手掌按着弯刀鞘,凝神戒备,但此刻她满脑子都是仇敌的名字——栾缇哥那。自从她从伤兵口中得知夜袭者是黑鲔部之后,一股冲动就一直梗在心头,现在正是舞动弯刀杀向栾缇哥那、雪洗当年一箭之耻的时刻，为什么自己非得按照旗勒忽兰族母的命令，无聊地看守这些用来威胁紫鲷部的陆上窝囊废？

"就为了不到十匹蛟龙宽的珊瑚礁屿，为了这座瞭望塔与几间囚笼，我就得困在这里？"她恼怒着，一对眼直直地望着远处海面上依稀可辨的红光。族母的那些蠢蛋女儿们现在正与黑鲔部交战，说不定她们还能有机会砍下栾缇哥那的脑袋。而自己呢？空有一身武艺，却不能在海面上厮杀，只能领着一小群族民守在这贫瘠无聊的珊瑚礁屿上，她真觉得自己像条搁浅在沙滩的虎鲸！这让她恼怒的任务，她可是一刻也不愿执行，奈何族母就是如此下的命令。更何况，这几个陆地臭虫儿可是她自己捉回来的，搞了半个夏天，不仅不能逼使紫鲷部取下栾缇哥那的脑袋，反而让黑鲔部自己来了。但她却只能吹着风，眼睁睁地看着族民们浴血奋战……

阔出台的怒气源源不绝地在脑中释放开来，正当她竖着鳞片与鬣棘，握拳的右手指爪深深嵌入手掌之时，远处海面却突然掀起一阵水花，接着"啊"的一声惊呼声传来。

那是个雄歌瓦的嘶喊，嘶喊声很快又化作一声哀号。

出状况了！难道有黑鲔部的贼蜥儿们趁黑夜摸进聚落里来了吗？当这个念头浮现在了阔出台脑海之时，一阵她熟悉的声响迅速传来，那是箭羽与空气快速摩擦的尾音。阔出台凭直觉翻身卧倒。身后瞭望塔的木桩上，"咚"地笔直钉上一支箭。

"还有黑鲔部的贼蜥儿在！你们几个往那边去搜！"指着箭的来处，阔出台的怒气终于有了宣泄的机会，她又对另一个雄歌瓦道，"你去通知棚船里持矛的族民以及海穹庐之中的那些老弱雄蜥，叫他们拿好武器，鳞片竖着点儿！"接着阔出台从背后抽出一支箭，搭上弓，无言地、却也漫无目标地让箭镞指向眼前的海面。在她的凝神戒备下，部属们纷纷纵身入海，朝着方才事发地点游去。就在此刻，更远处的棚船上再度传出了惨叫声，这次是个身强力壮的雌歌瓦的声音，随后水花声大起，显然又有中箭落海者。

"去！快一点！给我搜出来，我要砍下这些黑鲔部贼蜥的尾巴！"阔出台这时更愤怒了，她搭着弓箭对部属们大喊，"一只都不许让溜掉，否则我的弓箭就唯你们是问！给我快点！"在她盛怒的狂吼下，那些部下更使劲儿地往前游，很快就离开珊瑚礁屿。

阔出台心急如焚，但她知道现在只能等待，那些黑鲔部的残兵肯定还在海穹庐聚落内，一定要趁早将她们全都捆来祭鲨鱼，否则在出营追击的大军回来以前，这儿一刻也不得安宁。她望了望身边的十多名游猎民，发现她们也同样焦躁，箭抵着弓，盲目地指着海面。现在也只能这样了！这就是她痛恨夜袭的原因——连敌人在哪儿都难以捉摸。

慢着！身边的游猎民……只有十来个？莫非……黑鲔部的夜袭，最主要的目的是……就在阔出台隐隐嗅出不对劲时，远方海面突然传来几声箭音。

阔出台等立刻卧倒躲藏，并朝着箭来的方向回箭反击。说时迟那时快，她眼前的浅滩边缘突然溅起水花，八个歌瓦趁着岸上黄颌部族民们还来不及抽出第二支箭，迅速地蹿上这座珊瑚礁屿。

为首的雌歌瓦才刚跃出海面便出手，在飞溅的水珠尚未落回海面之前，飞旋的匕首早已迅速插入一位黄颌部雄蜥的喉咙，矛尖随即又钉入另一名雌蜥的胸膛。跟在这位雌蜥身后的那些歌瓦们也个个身手不凡，一上岸便发动攻势。来袭者的速度快得让阔出台连一句"有袭击"都还来不及说出口，就与对手打了起来。

两名雄歌瓦联手持矛袭来，一刺一扫，逼得阔出台向后一跃，情急之下她顾不得体面，先把右手的弓抛向敌人，紧接着左手一把扯出箭袋里的箭支，看也不看便朝两个雄蜥摔了过去。七八支上好的羽箭就这么零散地洒在半空中，阻挡了两个雄歌瓦的攻势。阔出台则趁机把长尾一甩，扫倒其中一个，接着旋身抽出弯刀，大吼一声，奋力猛挥，当场斩断两柄矛杆，劈死了倒地的雄歌瓦。当她正要挥刀砍下另一个雄歌瓦的蜥蝎脑袋时，来自右方的黑色残影令她感到警觉，于是她侧头一闪，一道劲风呼啸而过，只听"咔咔"几声，她颅颈上的长棘已然断了好几根。

"好家伙！"阔出台"呸"地吐了一地口水，转身面向敌人，不由分说举起弯刀便砍了下去，一阵激烈的交锋展开……

"费柴……费柴……"听到了笼外的动静与兵刃接击声，青鳞悄悄地靠向栅栏边缘，以手肘碰触费柴的身躯，"外头好像有动静呢。"费柴也望向囚笼外，黑暗中打斗的痕迹映入她的眼帘，敲击与斩杀的声响也传入了她的耳孔。于是她转向青鳞，轻声说道："来攻击黄颌部的不知是敌是友，还是暂且小心点儿，别出声，免得惹来杀身之祸。"费柴以手蒙住了口鼻，青鳞见了也会意地点点头，于是她们睁着双眼暗中窥探这场战斗。

囚笼外的阔出台所面对的敌手并不寻常，没几招已将她折腾得气喘吁吁，但对手并不给她喘息的机会，长矛挥动的轨迹循着阔出台踉跄后退的足迹不断追击。好不容易闪过了一记斜劈，阔出台才有机会向后跃出，调整姿态迎敌。她喘着气凝视敌手，心里稍微有了个底——对方是个个头较高的雌歌瓦，长矛舞动在她手里犹若鸬鹚潜海戳鱼，每一招都袭向阔出台的要害，逼得阔出台只得毫无目的地狂挥手中弯刀，才幸运地从矛尖溜过。

"你是谁？"她勉力招架，咬牙喘着气喝问敌人，但对手根本不理会她的发问，反而趁着她稍有松懈，长矛在她左颊划了一道口子，紧接着在她尚未反应过来之前，一记沉重的甩尾剧烈敲击，震荡着她的意识，阔出台健壮的身躯顿时瘫软，无力地倒下去……

击倒这位黄颌部的勇士之后，鱿勒环视周围战况，见只剩下三个黄颌部族民还在抵抗着，但由于兵刃交锋声已经传了出去，恐怕黄颌部还会有族民来到这个小岛支援。于是鱿勒把剩余敌人交给伙伴，迅速拾起阔出台掉落的弯刀，靠近木制囚笼边喊着："里头有谁在吗？有博尔兀的朋友吗？"朦胧中，青鳞看见一个略高的歌瓦提着弯刀接近栅栏,弯刀还淌着血,以他听不懂的海语轻声问了一句,顿时噤声不敢呼气。

"不可能不在这里啊?上次潜进来时明明还看见的。"鱿勒绕着几座囚笼又轻喊几声,却依旧没有得到响应。她看见海水中反射的月光,顿时恍然大悟,于是改以不熟悉的陆地话问道:"谁在里头?青鳞、费柴、察理?"这次囚笼里立刻有了响应,只见一个雄歌瓦跌跌撞撞地走到栅栏前,尖细的声音问道:"是谁?博尔兀?是你来救我们了?"

鱿勒大喝一声:"先等等,你退开!"她手摸栅栏,确认锁的位置,再奋力猛劈,在弯刀折断的同时,铁锁也松裂开来。她一脚踹开栅门,从里头迅速奔出两个歌瓦和一个人类。

"啊……鱿……鱿勒伯母!原来是你。"青鳞从笼里出来后,一见着鱿勒,便惊喜地喊着,费柴与察理也认出了鱿勒。

"待会儿再说,先离开这里。"鱿勒向她们三个摆摆手,便要与执行营救任务的伙伴们一起离开。这时青鳞恰好瞥见了昏倒在地的阔出台,连忙指着她叫道:"鱿勒伯母,就是这个家伙欺骗我们,把我们捉来的!"

鱿勒听见青鳞的话,回头瞧了阔出台的身影一眼,略加思索后用陆地话道:"暂且管不了这么多了,咱们先离开这里要紧,这恶蜥儿叫什么名字?"

"阔出台。"

"嗯。"鱿勒点点头,"我记下来了,下次还有机会,先离开吧。"

"鱿勒伯母，博尔兀她……"青鳞正欲继续追问，却被鱿勒打断："待会儿再说，先离开这儿。"

她们来到岸边，鱿勒望了望四周的海穹庐聚落与棚船群的格局，说道，"费柴、青鳞，你们两个都还勉强游得动吧？我各派一名伙伴拉着你们，这样速度应该还可以，至于……"鱿勒转头看了看察理，"人类的话，比较麻烦……"她眨了眨眼，说，"察理，我知道要人类憋气很难过，但现在你得忍着，沿途我会给你机会换气。"

"鱿勒伯母，我……我……"察理支支吾吾起来，"我不是很会游泳。"

"没关系，人类都一个样儿，我派两个伙伴带着你，你一定撑得住，放心！"鱿勒大力拍拍察理的肩膀，接着唤来两名雌歌瓦，以察理听不懂的海语吩咐道，"先把他的手绑住，避免他伸手乱抓，然后你们全力拎着他潜泳，我会制造机会让你们提着他上海面换气，届时看我的手势。"

两名雌歌瓦点头，一个迅速抓住察理，另一个抽出绳子将察理的手臂绑在身后。察理见状连忙惊呼："鱿勒伯母，这是……"青鳞与费柴也异口同声地叫出来。

"察理，你们人类水性不佳，因此我只有这么做，放心吧！会让你换气的。"鱿勒这时凑近察理耳旁，吩咐道，"每一次浮出海面，就张口吸气；到水面下可别憋着，缓缓吐气，这样才比较舒服。"

"鱿勒伯母，我……"

"放心吧，你可以的。"鱿勒咧着嘴轻笑，接着对所有伙伴说道，"走吧！"话声刚落，鱿勒便将匕首衔在嘴里带头下水，这群暗夜潜行者也立即鱼贯进入大海。那两名雌歌瓦先把察理扔到海里，再破水而入，一左一右拎着察理，尾随着鱿勒的身影，开始从敌营脱围……

旗勒忽兰大口喘着气，四周只剩下二十多名卫士保护着她。在战斗的最后一刻，她的女儿们眼里只看得见栾缇哥那逃离的背影，不经她下令便纷纷驱龙追赶。就连旗勒忽兰的直属卫士们也杀到眼红，一看见本族的军队往前冲，唯恐落后，全都追敌军去了。

"呼……"旗勒忽兰又喘了口气，默默地低下头，黯然对身边的卫兵们下令道，"走吧，咱们回去吧。"她感到有些无奈，但也感到解脱。战局已经不是她能控制的了。

族民们的反应是残酷的现实，没有谁说过什么话，但是都用最直接的行动剥夺了旗勒忽兰的战场指挥权。到这一刻，旗勒忽兰再也明白不过：该是把棘鳞枪交出去的时候了。自己的时代与生命都已经游到了尾端，四个女儿之中，能够割下栾缇哥那脑袋的那一个，大概就是黄颌部的新族母了吧！

军队都倾巢而出了，现在就等着她们凯旋吧！然后，也就是这老朽的身躯从族母位置上被赶下来的时候了。是啊，多亏了这四个好女儿，知女莫若母啊！

等等……倾巢而出？

她顿时醒悟，一股寒意袭遍旗勒忽兰的全身，无法言喻的震惊使她全身没有了知觉。

"扑通！"

卫士们听见了落水声，赶紧回过头，却发现旗勒忽兰几乎瘫在蛟龙背上，不住地摇晃着；而她颤抖的手，早已握不住沉重的棘鳞枪，落入了海中。

"快捡回棘鳞枪！"卫士长忙喝令，两名卫士立刻从蛟龙颈上跃下水。

"罢了！不用捡了，用不着了……"旗勒忽兰掩着双眼，以几近哀号的绝望口吻叹道，"不用捡了。"

"什么？"卫士长听不明白她的话。

"用不着了，棘鳞枪用不着了……"旗勒忽兰无力地望着海面，喃喃自语，"是饵啊……上好的、精选的饵啊，无论哪种鱼看了都会毫不犹豫、一口吞下的饵啊……"

"饵？"

"……这，这就是苍生海的旨意吗？"旗勒忽兰没有再说什么，一下昏厥过去，栽入海中。

"族母！"

"族母，族母，你醒醒啊！"几个卫士连忙骑着蛟龙靠向旗勒忽兰，一起将年迈的老族母从海中拖上蛟龙。

"族母，旗勒忽兰族母，你没事吧？"卫士们尽心照料着，火炬的亮光照在旗勒忽兰的头颅上——她满脸都是残老旧鳞，颅颈上的鬣棘稀稀疏疏脱落了大半，仿佛蓄积了数十年的沧桑；眼眶旁的细鳞也干涩得反射不出火光，但却在众卫士们的呐喊之下逐渐抽动，接着下眼睑退了回去。旗勒忽兰无神地睁开眼。

"快，快去，不然来不及了……"才一睁眼，她左手便立即攀住卫士长的蜥蜴头颅，勉强举起抽搐着的右手指着方才女儿与族民们追击的方向。

卫士长顺着她的手望去，暗夜中还依稀能看见黄颔部大军的火炬。旗勒忽兰气若游丝地说道："快……让海面上的族民熄掉手上的火把，海里游的捏死掌中的……荧烛乌贼。收兵……回来。快去……迟了就来不及了……"对旗勒忽兰的话，卫士长起初尚不明就里，但回想起方才旗勒忽兰提到的"饵"这个词，也隐约会了意，于是她赶忙领着两名海骑，拼命朝着远处明灭不定的淡淡红光游去。

"快啊！快！"卫士长咬牙切齿，不住勒着缰绳，巴不得这蛟龙能游得像旗鱼那么快，让她能来得及阻止族民们的追击。

然而远在前方的追击军队，却早因抢功与疯狂的杀意而无法停止。聚集的火炬将附近的海面照耀得有若白昼，海面上的一动一静都无从遁形。自从黑鲔部的夜袭者们熄灭火把溃逃之后，黄颔部大军便必须靠着火炬照耀海面，不断地前进搜索，才能发现黑鲔部遁逃的方向。

"看那边！"有个歌瓦喊道。众多火把的照耀范围边界，一群海骑正窜逃着。

"在那里！"

"别让黑鲔部的贼蜥儿溜掉了，快追！"旗勒忽兰的二女儿忽森挺起弯刀率领部属们追了过去。她们眼里只有黑鲔部的残兵、瘦蛟龙，野心在她的心里燃烧着，只要发现敌踪，便毫不犹豫地前进。她们的进袭就像暴风一样猛烈，犹如雷霆一样迅速，以至于陆续有跟不上的游猎民被甩在追击队伍的后头。

不只忽森的麾下如此，窝里、阿百答、牙冽儿，旗勒忽兰的其他女儿和孙女儿、曾孙女儿们也是如此，她们一刻也不停留。

追击初期还勉强能维持的弧形前进战线逐渐崩散，变成一条凹凸不平的波折线，而其中的几个波峰更是毫无节制地飞蹿，逐渐把大部分的兵力抛在后头。部队与部队之间开始离散开来，海骑与海骑之间不再保持紧密联系，甚至远落在后头的几乎已成一堆散沙。黄颔部的大军拖曳、延伸、散布在整个海面上。

旗勒忽兰的卫士长终于见到了第一批零散友军，接近问了问，却察觉那是被抛在最后方的单兵。她再摆尾往前追，每遭遇一支友军，她们总是告诉卫士长："前方还有友军。"卫士长一再冲刺，却始终抵达不了追击队伍的最前端。她张眼望去：前方、后方、左方、右方，到处都是松散前进的友军，不知道敌族在哪里，也不知道友军首领在哪里。她仿佛陷落在一张渔网里头，找不到真正的出口。

怎么会这样？卫士长的心在剧烈跳动着，拿着弓箭的手臂却在颤抖，她局促不安地大口喘气，恐惧就像海面上的飓风，逐步侵占卫士长的理智，但她知道自己责任重大，因此只有一咬牙，勒着缰绳拼命地往前冲……

第四节
重逢在黎明

"就在那边！"

"快！快追！"就在火光照耀范围的极限，那个由红光与黑暗交织而成的模糊地带，一小队败走的海骑身影，依然难逃黄颌部追击者的利眼。打从黑鲔部夜袭失败开始，黄颌部的海骑们就像群急于成长的幼鲑，只要眼前有什么能吞得下口的鱼儿游过，便张着嘴穷追不舍。黄颌部拼了老命也要紧咬黑鲔部的尾巴不放，因为她们追击的对象是黑鲔部，她们追击的是栾缇哥那！

雌歌瓦们弯弓拔刀，雄歌瓦们挺矛张网，双腿不断夹着蛟龙的颈子驱使它移动。尽管蛟龙已经疲惫不堪，尽管距离海穹庐聚落已然太远，但只要撑过这一会儿，只要能够捉住栾缇哥那这条上好的黑鲔鱼，一切的辛劳都是值得的！

是啊！再撑一阵子就行了！只要砍下栾缇哥那的脑袋瓜儿，得到族母的位置就像在岸边拾贝壳那么容易。旗勒忽兰的四个女儿们个个喘着气,率领着部下迅速奔向逃走中的黑影。黑影的速度逐渐放缓,她们的身形与外貌也清晰起来。

是啊,黑鲔部的残众也累了,她们的蛟龙也终于游不动了,任凭宰割了。看哪,胜利就要到来了,栾缇哥那的头颅就要被割下来了!冲啊,再快一点,要晚了些,胜利就是其他姊妹们的了!

仿佛海蛞蝓附身,在她们耳畔轻声呐喊,在她们心中回荡敲击。旗勒忽兰的四个女儿眼看就要追上黑鲔部,更是高竖着长棘,扬声呐喊着奔驰向前!蛰伏着的怒意也被挑起了,然而这次的对象不是眼前的黑鲔部,而是身旁的手足姊妹们。窝里清楚,忽森明白,阿百答洞悉,牙冽儿也当然不可能忘记:族母的位置就在眼前,而唯一的阻碍,就是身边的那些姊妹们!

于是她们咬着牙,彼此怒目相视,握着缰绳的右手却越扯越紧,紧得让胯下的蛟龙几乎无法喘息,只得愤怒地把浑身蛮力都发泄在摆尾推进上。惨败的黑鲔部歌瓦陆续映入眼帘,即使她们还试图逃逸,但她们的蛟龙却越游越慢,越游越慢,甚至,在最远处,由几名单兵保卫着的栾缇哥那跟跄狼狈的模糊背影,也自幽暗中慢慢浮现。

前方!栾缇哥那就在前方!黄颔部的族民们兴奋不已,旗勒忽兰的四个女儿也兴奋不已。这个黑鲔部的余孽、蓝帝汗麾下十三部族共同追讨的仇敌,终于也到了这么一刻。虽然多年来她凭着机智巧妙度过许多生死瞬间,从层层致命的围网中脱逃,但现在,就连她的蛟龙也有气无力地漂泊在洋面上——看来苍生海的意旨,还是要让蓝帝汗来掌控洋流与海风的。

忽森一只眼盯着栾缇哥那颓丧的背影,另一只眼不怀好意地扫视她姊妹的部众们,多道兵力这时全都指着同一个目标——栾缇哥那。她们高举兵刃,预备着用来砍倒任何的障碍——无论那是黑鲔部的战士,还是姊妹们同自己夺权的部众……

黄领部的追兵奔驰着,火光所到之处的海面无一不是清楚明朗。栾缇哥那杵在远处的身影索性不逃了,她提着缰绳缓缓地调转头来,颓丧地张手在蛟龙背上迎风摇晃着,而她周遭的黑鲔部游猎民也放弃了逃走,转过身来,似乎决定与她们的首领同生共死。

追击的黄领部又接近了些,眼力好些的,这时已能隐约见到栾缇哥那的动作,她似乎正张着嘴,两列尖牙利齿仿佛在说些什么,却始终没有转身逃走的意思。或许,那是不顾一切地拼死一战,虽然愚蠢,但至少表现出了栾缇哥那豪迈的英雌血性。

追击的海骑更加接近了一段距离,旗勒忽兰的次女忽森这回成功地抢在最前头,其余三位姊妹的追兵全都跟在她的军队的尾巴后面,但总是差了那么一段,看来砍下栾缇哥那头颅的肯定是她了!

忽森暗自窃喜的瞬间,蛟龙又朝栾缇哥那前进了一些,这时她终于能辨明栾缇哥那的表情。然而栾缇哥那并未表现出赴死的慷慨悲壮,相反,她正豪迈地高声呐喊，继续在蛟龙背上随风摇摆着身子。

"母亲，栾缇……哥那的样子怪怪的。"这时忽森三十五岁的女儿指着栾缇哥那道，"你瞧她的样子，像不像是……"蛟龙背上，栾缇哥那随着清风摇摆身形，舒展身躯放浪形骸，口中喃喃呼唤着大海众生的名字与灵魂，这种行为实在很像……

"战祷歌？"忽森心中顿时冒出一个疑惑的气泡。战祷歌不应该是临战前主帅与将士一同进行的祈祷仪式吗？或者栾缇哥那技穷了，索性装神弄鬼吓唬咱们呢？

疑问还在她脑海盘旋着，黄颌部的火炬光照范围也再度向前移动了些，陆续有追兵察觉：就在栾缇哥那身后不远处，那同样处于火光极限与黑暗的交界面上，似乎还有道黑影隐匿。隐约中，一阵阵高亢而颤抖的旋律，也逐渐传入忽森耳孔里，那仿佛集合了数千雌雄歌瓦的嗓音，在吼出震撼心灵的战祷之歌！

火光继续前移，这次照出了绵延整个海平面的黑色身影，千百枝长矛全都静静地伫立在海面上，紧随着洋面稍稍上下起伏……

黄颌部的追兵，包括忽森在内，不约而同地减缓了蛟龙的速度，她们都不敢置信地看着眼前的景象，方才的激动与热血都不知到哪儿去了……她们不知道黑暗中的敌军究竟有多少，而更叫她们担心的是，经历这阵疯狂的追逐之后，自己身边究竟还有多少个尚未失散的伙伴？

她们个个吃惊得张着嘴巴说不出话来，反而使得对方战祷的歌声显得更加嘹亮，更加震撼。恐惧开始像层黑雾集结在黄颌部族民的头顶上，让她们丧失理智与冷静，让这片纯粹由想象所衍生的阴霾蒙蔽了她们的勇气与决心。颤抖以最前排为中心，以比海浪还快的速度迅速向后传播开来，黄颌部的追兵不约而同地忘记了控制缰绳，因此蛟龙一匹匹地停了下来，唯一的例外是……

"窝里！忽森！等一等！"身穿鲨甲的卫士长，仍旧紧扯着缰绳，穿越层层的阻碍，终于来到追击队伍的最前端，她一见到忽森便喊道："忽森，旗勒忽兰族母要我传急令给你们，要你们熄灭火把，收兵回师，迟了，就……"卫士长话说到一半，便已看见了眼前的阵势，声调不由得急转直下，口里喃喃念着，"……来不及了，来不及了……"一缕寒意在她心中升起，现在她真的体会到什么是所谓的"战栗"！

这时，栾缇哥那与她身后大军的战祷歌也逐渐进入尾声。栾缇哥那左手抽出弯刀，以她那豪迈雄浑的嗓音，呐喊着足以撼动整个海面的宣言："苍生海卵壳里孕育的子民们！黑鲔部、紫鲷部的战士们啊！多年来欺凌我们的黄颌部就在眼前，想想你们被抢亲人的仇恨吧，想想多年前杀死亲族的血海深仇吧！伟大的海洋母亲，伟大的苍生海要我把毁灭的惩罚降临在她们身上！今晚，就让苍生海保护我们的灵魂，赐予我们复仇的力量，消灭这些无恶不作的黄嘴蜥蜴吧！"接着栾缇哥那放声狂吼，弯刀向前一挥，她身后的联军便如袭岸巨浪一般朝着黄颌部冲了过去！

而在黑鲔部与紫鲷部盘踞的这片幽暗洋面上，一个低沉却有力的声音也传了开来："拿弓箭的勇士们，看见远处的火光了吗？来啊，给我射！射到没有火光为止！"丹顶额图真声嘶力竭地大吼，身先士卒张弓疾射，第一支箭飞驰而出，刺激着将士们的内心，紧接着，箭从稀疏到致密，很快便弥漫了整个天空。额图真的听觉几乎被她自己下达的命令所淹没。

"哈哈！老娘好久没这么痛快了！"她情不自禁地抠着额前的红色鳞片。好久没打仗了，额图真听着箭响，望着远方，试图让身躯重温这份激动与紧张。

眼见栾缇哥那挟着击杀巨鲸的荡天之气，率着海骑冲锋过来，黄领部的族民们内心一凛，但在尚未回神的时候，头顶却早坠下漫天的箭支。

周围响起箭鸣，一名歌瓦还没来得及提刀防御，额顶便中了一箭，上下颚被箭镞牢牢钉住，只能从牙缝与唇鳞之间释放充满恐惧与惊骇的痛楚；她后面的一名歌瓦则被一箭射穿颅颈，两颗眼球几乎要飞出眼眶，没来得及发出哀号就已经失去知觉——两只腿一条尾巴还跨在蛟龙颈子上，魂却早被苍生海收了回去……

四面八方都是声音，箭镞急速穿水的声音、歌瓦中箭落水的哗啦声、歌瓦的哀号声、蛟龙中箭后的奋力挣扎声……蛟龙愤怒的悲啸响彻海洋，扭身摆尾所引起的波荡让周围的海面剧烈起伏着。

旗勒忽兰的次女忽森睁着眼，望傻了，听晕了，直到一支箭刺入她的右肩，她的神智才得以摆脱震撼的拘囚，被锥心剧痛抽回到战场上。黑暗里来的箭不好躲，她只能盲目地胡乱挥刀了。

正前方也传来了让她战栗的呐喊，黑鲔部举着弯刀杀过来。忽森环视四周，近处的部属多有死伤，处处可以听得见哀号，那些落在后方的部属也惊魂未定，她们头顶的鬣棘高高耸起，"咔咔"地响着，却是因于极度惊慌而非愤怒，眼看就要转身逃离。

方才过度激烈追击的恶果就呈现在她的眼前，沿途满是掉队的零散部众，她们也都被敌军的气势所震惊，恐惧不已。

黑夜、阴影就像虎鲸的利齿袭击而来！

燃烧着的火炬、幽暗中的敌人、飞奔的箭支，这些景象被灵魂编织成一张张恐惧的网，席卷、攫取着黄颔部族民的勇气和决心，意志的动摇冲击着她们的躯体与反应。终于，忽森见到了她最不愿意见到的情形——开始有游猎民勒着缰绳，让蛟龙掉头。

而栾缇哥那领着黑鲔部的弯刀就要杀进来了！

这下糟了，再不阻止的话，不用交锋，黄颔部就会被这些临阵脱逃者拖垮。惊慌失措的情绪会在瞬间感染并席卷后方的部队，这么一来……忽森很熟悉追击溃败敌军的嗜血狂喜，她也同样能想象得到自己的军队遭到追击杀戮的惨状……

"列阵！快列阵！给我列阵！"忽森毫不犹豫地扯开布满黄牙的蜥蜴嘴巴，浑厚的声音暂时抚慰了惊慌的部属们，"列阵！给我列阵！想活着就给我列阵！"

"对！咱们的弯刀还没用过呢！"

忽森这突如其来的一句"想活命就给我列阵！"当真起了稳定军心的作用，被恐惧吓傻了的黄颔部游猎民这时纷纷醒悟：箭响、死伤、哀号，那不是打从她们出生就跟着她们的、生活的一部分吗？迄今所经历的数十次战争，不也都是这个样子吗？海水的腥味、空气里的颤抖，除了不知敌军有多少以外，以往不也全都是这样吗？只要列了阵，肩并着肩，即使终究要尸沉大海，让鱼群与虾蟹啃食自己的骨肉，但只要能多带一个敌人到苍生海那里去，也就不愧对黄颔部的先祖了！

于是在漫天的飞箭之中，她们还是勉强组成一道防线来抵抗敌军。当她们提缰举矛，以忽森为中心集结的那个刹那，栾缇哥那与黑鲔部却也在此刻，像一道巨浪猛烈地扑袭而来！

"喝啊！"栾缇哥那挺着胸膛，头顶竖着剑丛似的长棘，率先杀入黄颔部阵列中。她左手的弯刀与敌人交锋的瞬间，右手自腰际抽出另一柄直刀斜向上扫去，在削去敌人左手的几片鳞肉后，左手的弯刀毫不犹豫地割破敌人的咽喉，接着她便用双腿夹驭胯下的蛟龙，舞着一弯一直的双刀杀入敌阵。

黑鲔部的游猎民也个个奋勇争先，怒吼着举刀迎向敌人，黄颔部的战线在顷刻间被冲得支离破碎。所幸许多经验老到的黄颔部雌歌瓦都明白，转身逃跑必死无疑，所以她们咬着一口尖牙拼死抵抗。

"列好阵！"忽森挥刀斩落一名黑鲔部海骑的蜥蜴头颅，然后拔出死者身上的长矛，她明白一切都还有希望，因此即使身陷恶战，左右手都忙着应付敌人的弯刀，嘴里却始终不曾停止地呐喊着："拔刀抵抗！列好阵就能活命！"她又举刀挡住了身旁劈来的一刀，"黄颌部的战士啊，列阵就能保命！只要有我忽森在，列阵就能保命，列阵啊！列……"说时迟那时快，她身前突然蹿出个矮壮的黑影，挥刀如流星般急速，还没等忽森的话说完，便冷不防地将她的脑袋连着一条胳膊一起斩飞！

"黄颌部的都给我听着，有我栾缇海牙在，你们一个都别想活！"栾缇海牙双手握着一把长形厚背弯刀，在斩倒忽森之后叱喝着。她的勇猛震慑了身边的三名黄颌部的海骑，逼得她们抢起兵刃一哄而上……

而处在战线另一侧的博尔兀也同样高声喊着，率领紫鲷部杀入黄颌部脆弱的侧线。她颅颈的板状棘条耸然高竖，搭弓一箭射出，接着拔刀冲锋，很快便与黄颌部的追击队伍展开肉搏，黄颌部虽然因疲倦而队伍涣散，但她们却依旧凶猛地举刀还击……双方不断在海面上冲突着、厮杀着……

清晨，东方海平面泛起了第一道曙光，苍生海把太阳装在栉水母里，随着热气飘上天空，把光亮还给了游猎民。

洋面上到处漂浮着断箭与缰绳，死去的歌瓦、躺着的蛟龙的身躯还不断汩汩流出血水，染红了汪洋。扑鼻的腥臭弥漫整个海洋，天上密密麻麻盘旋着被腥味吸引过来的海鸟。

嗜血的鲨鱼一条也看不到，这些外貌凶狠残酷的掠食者凭着嗅觉游入近处海域，但眼前这污秽的暗沉血海根本引不起这些海洋霸主的食欲——厚鳞多棘的大蜥蝎并不好吃，于是它们又摆着慵懒的尾鳍离去。

博尔兀低头凝望，视线穿梭在泛褐色的洋面下，依稀可见悬浮的游猎民与巨鱿。偶尔有些鱼经过，意兴阑珊地啄食几口后便摆着尾巴离去了，因为布满死尸的海，让鱼群们呼吸困难……

博尔兀眨了眨酸疲的下眼睑，抬起头，她的弯刀才收入腰际，背上的箭支一根也不剩，身上的五处伤痕都还淌着血。痛楚不断刺激着她的神智，但与那些载沉载浮的亡者相比较，这些伤显然算不了什么。

她身后跟着数百名海骑，一名近侍把茅节军旗递给她，博尔兀便用左手举着，右手勒着缰绳，在这片战场之中观望着。海面上的气味再腥，她们也视若无睹。

胜利。

胜利的结果在她们的联军击溃了黄颔部追击队伍最前线的那一刻就已注定，此后黄颔部残众的败逃，犹如涟漪扩散那般迅速地遍及整个海面。乘胜追击的两部联军在黄颔部部众间驰骋杀戮，就像旗鱼凭着锋利的剑吻游刃于沧海那般。她们切割着、吞噬着黄颔部的零散兵力，最后终于把敌族的主力围困在一处小屿边缘。

忽森死了，其余姊妹都被砍了，但是此刻黄颌部的族母位置，却也不是窝里迫切想得到的了。她率着遭到围困的黄颌部战士守着这座小屿，让仅存的数百部众围成绝望的圆阵。好几排雄歌瓦把长矛的角度由低到高围成一道刃鳞，就像只气鼓鼓涨大身躯的刺河豚。里圈的雌蜥把仅剩的箭搭上弓，失去弓箭的则紧握着弯刀，张大眼睛、喘着气望着眼前的敌军。命数是苍生海早就安排好的，而这个时刻也即将到来。她们都屏气凝神，等待紫鲷部与黑鲔部的进攻。

栾缇哥那骑着蛟龙，从黑鲔部的阵列中游了出来，她无视黄颌部有几百把弓箭瞄准自己的胸膛和松果眼，曳着画戟来到刺豚阵前，朗声大喝：

"黄颌部的世族，是英雌的就给我出来，同我栾缇哥那堂堂正正的决斗，别像只鹦鹉螺窝囊地躲在壳内，让族民部众嘲笑你。出来决一死战吧！"听栾缇哥那这么说，窝里奋不顾身地挣开属下的拉扯，舞着一柄鲛尾矛从刺河豚阵里闯了出来。她用矛刃指着栾缇哥那，说道："好！我窝里同你决斗，但若我赢了……"

"你不可能赢！黑鲔部和紫鲷部吃掉黄颌部是苍生海的旨意！"栾缇哥那凌厉的气势全都倾注在一柄画戟的锋刃上，让黄颌部不寒而栗，她接着说，"这场决斗，是为你保留一丝尊严，还你一个海洋英雌的名号的机会！来吧！驾！"栾缇哥那挺着画戟飞驰而出，胯下的蛟龙好像连着她的躯壳，接通她的灵魂那样，按照主子的心意狂奔向敌人。一阵愤怒涌上窝里的心头，她不甘示弱,挺着鲛尾矛便直朝栾缇哥那奔来。

两股水浪轻驰飞奔,很快便撞在一起,众游猎民听见兵刃交锋声,看见画戟与鲛尾矛在半空中纠缠——鲛尾矛轻巧灵活,画戟刚猛浑厚,两者数度交手,却都未分胜负。于是她们勒着蛟龙游开来,然后调整方位,再度面向幽暗中的敌人怒目而视。

喘息与心跳,是她们因兴奋而发颤的身子唯一能理解的节奏。

然后,再度破浪飞奔!

冲刺中,窝里用鲛尾矛刃指着栾缇哥那的胸膛,高声呐喊着横冲直撞。然而栾缇哥那却在奔驰中单用左手握住画戟的末柄,在头上甩起了旋风般的巨弧。她的身躯跟着画戟重心左倾右摆,但每一回画戟旋出的冷风,却都侵袭着旁观者的灵魂。窝里并不清楚栾缇哥那在搞什么怪,但她知道只要挺着鲛尾矛便能刺穿栾缇哥那的胸膛,因此双眼专注地盯着目标,让满腔恨意全都倾注在眼前的敌人身上。

剧烈的冲击震荡着双方士兵们的神智,只见栾缇哥那与窝里之间的距离逐渐缩短,栾缇哥那盘旋着画戟露出疲态,再也不如初始之时挥动得快速。

一挥,再一挥。

顺着这节奏数下去,搭配上双方冲锋的速度,再以此类推……"糟了!"统领紫鲷部的博尔兀猛然大惊,栾缇哥那这一扫,距离窝里还足足有半截矛柄那么长哪!这……栾缇哥那要失手了?

黑鲔部的族民见状也是一阵惊呼，暗叫不妙。窝里则全神贯注地盯着栾缇哥那的右胸，她要把握这一次机会——栾缇哥那会因轻敌而丧了命。即使栾缇哥那的画戟挥动起来气势磅礴，最后一击眼看就要从头顶上扫出，窝里还是不偏不倚地直冲而去。

栾缇哥那高声呐喊，左手曳戟奋力甩出最后一道弧线。窝里冷冷地笑了。黑鲔部与紫鲷部族民头顶的长棘全都遏制不住地抽动了一下，有的歌瓦的下眼皮也禁不住往上掀动，试图逃避这悲惨的一幕。

画戟卷起旋风，在一阵阵心惊肉跳中挥出了，正如预期，根本连窝里的身子也没碰到，但出乎意料的是，戟头就像条迅捷的虎鲸，一阵风似的咬碎了鲛尾刀的刃部！

蛟龙继续游窜，窝里维持着冲刺的姿势，照着先前的轨迹前行。栾缇哥那的画戟也在头顶再度盘旋一圈，直到两海骑交错而过，即将背道而驰之际，画戟的戈钩突然从左面斜钉入窝里脆弱的颈子！

众人的惊呼声中，栾缇哥那左手使劲猛扯，让后仰的身子借着窝里与画戟的重量得以恢复平衡。栾缇哥那用画戟将窝里的身躯扯到身边，窝里的喉颈泉涌着的鲜血染红了她的整个胸膛，她的双眼突出在眼眶外，却再也发不出任何声响。

"勇士！黄颔部的勇士！苍生海让你的灵魂安息！"栾缇哥那朗声大喝，接着猛然一扯，把窝里的头颅扯离躯体。

黄颔部的刺豚阵不攻自破,游猎民们解散了列阵,把长矛随意扔到身前,眼里再也没有了战意……

博尔兀胜利了,但内心却感觉不到欣喜,只因这场胜利对她而言,代价还是太过惨重了。丹顶额图真的计策全然成功,让栾缇哥那吸引黄颔部落入事先安排好的圈套,但毕竟紫鲷、黑鲔两部相加的总兵力,只能勉强与黄颔部相当。即使黄颔部的大部分士兵都因脱队与恐惧而逃离战场,即使歼灭黄颔部的追击部队并未折损太多兵力,但那些最前头抵死相抗的士兵,却也让博尔兀与栾缇哥那的联军付出了远比预估多得多的死伤。

每二十个雄歌瓦阵亡了三个,每五个雌歌瓦阵亡了一个。这些用性命追随她的族民们,博尔兀将她们活生生地从亲友中带出来,却不能把每个都平安带回去。即使在战场上、在地位上,她们不过是普通的族民,但在亲友眼中,她们是全海洋最珍贵、最亲昵的伙伴哪!

博尔兀凝望着海面上漂浮的死尸,心头格外沉重,持着茅节的左手用力地握紧节柄。

假使她已经融入了这道流向毁灭与战争的洋流,那么在冷着双眼、默不吭声地检视海洋中的尸体时,她也要背负起这数百生灵的寄托。

接收海穹庐聚落、瓜分族民、与栾缇哥那商讨今后种种……数不清的问题还等着博尔兀解决。降服了黄颔部的主力,这一场未曾预料的战争终于到了尽头。然而呢？蓝帝汗的十三片鱼鳍少了一片，剩下的赤瑁部、绿螭部，又该如何应付呢？击灭黄颌部以后，今后的海风又会朝着哪儿吹呢？

当博尔兀的思绪还在纷乱中时，她们这队海骑的前方浮现了一座小岛。在那洁白的沙滩上，先一步到达的鱿勒站在那儿，鱿勒的身边还站着一个蓝鳞片的雄歌瓦，一个褐鳞片的、略胖的雌歌瓦以及一个海上罕见的异种——人类。

"青鳞、费柴、察理……"这些熟悉又陌生的身影就在眼前，博尔兀有种莫名的冲动，唇沿的细鳞不安分地抽动了一下，激动的情绪在她胸口回荡，好似滔天巨浪，撼动着博尔兀。

望着远处而来的海骑，青鳞好像发现了什么，然后急乱拍着费柴与查理，指向为首那个拥有稻橙色鳞片、拿着茅节的游猎民。

"博尔兀……"

"是博尔兀……"

博尔兀望着青鳞他们三个的身影，很想冲动地从蛟龙上跳下亲自游过去，但她知道自己不能这么做。虽然发动这场战争的不是她，不是青鳞他们，也不是黄颌部，但是这三名来自陆地的朋友被抓，的确是让紫鲷部族民们挥刀搭箭的一个原因……

博尔兀此刻脑中一片空白，她不知该如何面对这群朋友，面对她的族民，但是她的吻端还是微微上翘，对青鳞等举茅节致意……

第三章

盛夏海潮

自上古至晚近，每当遭逢战争，战胜方对战败方，或毋宁说是征服者对被征服者，无论表面呈现的形式为何，其实质关系多半接近主人与奴隶的模式。

以最具代表性的海洋游猎民为例，战胜部族的首领对于战败者全族几乎能予取予求，不仅任意凌虐劫掠，甚至掌控着生杀大权。最著名的例子是：木里华汗降服赤瑂部之后，下令凿尽其世族之双眼，放逐海滨为奴，残忍的手法彻底展现了弱肉强食的嗜血天性。

——环颈丽纹鲫《民族的阴影本质》

在海浪的冲刷与拍打下，紫鲷部的游猎民踏上沙滩，脚爪陷入松软的黄沙，再被滔滔波浪淹没，接着再提起脚来，挟着淋漓水花向前继续迈进，直到海浪的声音落在尾巴后头。粗细不一的颗粒固执地爬满整只脚掌，镶嵌在趾爪与趾爪间的细砾摩擦着足趾鳞皮。一步又一步，茅节上的长鳍条迎着从身后吹来的腥风飘动，博尔兀却不觉得呛鼻，只因倒映在她紫色瞳孔里的那三个既陌生又熟悉的身影。

来自灵魂深处的冲动试图控制她的躯体，几乎要让她跨步飞奔到青鳞身前，但族母的身份告诉她：应该沉着而持重。

鱿勒在看着，跟随自己的紫鲷部族民也在看着，她们都注视着自己的一举一动。然而越是如此关键的时刻，博尔兀的内心却越是激荡不平，每跨出一步，她的外表都显得自信而光彩，茅节在她手中有力地挺举着，但她的手指却微微颤抖着，一种酸楚的无力感蔓延她的全身。

那是紧张与矛盾所引起的失衡。

慌张、失措的情绪从尾巴末梢以战栗宣泄着，博尔兀一摆尾，轻描淡写地掩饰着这份彷徨。她其实并不知道该以什么样的姿态来面对青鳞等好友，是毫不掩饰地表现自己率真的热诚，还是压抑自己的冲动，以高傲冷漠来显示族母的身份？

即使北极之行使她成为掌控命运的睿智浪客，即使五年日晒雨淋的汪洋生活让她原本饱满的鳞片显得有些暗淡，即使她浑身飘散着海洋的咸味、鳞皮间总杂着盐晶，还在额图真的谋划下成了一族之母，但却还是无法搞清楚：族民们在心里是怎么看她的？

天亮前的这一役使许多母亲与姊姊无法再回到她们的海穹庐，让更多长父与次父再也不能侍奉他们的妻主，更让许多才从革质卵里孵化的小蜥们，一破壳就没了照料。这场对抗黄颔部的战争造成的伤亡远比预估的严重。那么族民们又是如何看待酿成战祸的她的这三位陆地朋友的呢？如果自己对青鳞他们过于亲昵，是否反而会替他们招来灾祸？

一旦激起众怒，即便自己是族母也难以平息。博尔兀猜不准族民的心思，不得不为最糟的状况做出打算。此刻起，她的一举一动，必须同时兼顾族母的尊严、族民的反应与青鳞他们的安危，分毫差池都不能有。

她望着青鳞、费柴、察理的身影，发觉他们也正望着自己，每对眼睛里都藏着期盼与不安，脸上浮现着些微恐惧。博尔兀不禁扪心自问："难道我现在看起来十分凶恶吗？"她无法否认，跟优格梭里那尾天真的小雌蜥相比，现在的博尔兀头顶高竖着长棘，弯刀上蘸着血渍。为了在海洋上挣扎求生存，她不再修整长棘，眼神也变得锐利而凶狠，加上刚从战场归来，她身后的战士个个竖鳞瞪眼，也怪不得青鳞他们会胆怯了。

她不自在地把目光从青鳞身上移开，鱿勒高挑的身影迅速映入她的眼

帘。见到鱿勒慵懒而自在的模样,博尔兀心中的不安顿时去掉了一大半。是

啊,最应该感谢的不是鱿勒吗?青鳞他们是鱿勒冒着遭到围剿的危险,千辛

万苦才救回来的呀!

见到鱿勒,博尔兀就发现自己方才根本是空担心一场,苍生海老早便决

定了所有歌瓦的命运,没有什么是值得担忧与烦恼的。这次能动员全族出

征,不就代表了整个部族都愿意为自己而舍命吗?不就代表了族民们宁愿战

死,也不愿屈服于黄颌部而苟活的气概吗?

博尔兀想起了栾缇哥那的那句话:"我托答的朋友就是我的朋友!"是

啊,这是多么可贵又坚贞的信念啊!

又一阵腥风拂过,血的味道勾起了博尔兀的许多联想,她这才猛然惊

觉:原来自始至终,决定并主导着发动战争的是她自己啊!当知道黄颌部的

威胁时,她可以选择投降,也可以选择暗杀栾缇哥那,但是她最终却选择了

发动战争。既然发动战争的是她自己,该负责的也应该是自己,跟青鳞他们

一点关系也没有!

是啊!就连精晓苍生海旨意的巫医,也难以准确预测飓风的方向,也不

能完全追溯鱼群的航程。猜心不也一样难吗?那么又何必猜呢?族民们的心

思其实她一直都很清楚,不是吗?

在释怀的瞬间,博尔兀突然有了这种感叹。

于是她不再紧绷,不再有多余的顾虑,脚步依旧向前迈开,这回却是出

于自信而非内紧外弛的刻意伪装。博尔兀持着茅节,头顶上的长棘也缓和地平垂,唇沿的鳞片第一次毫无束缚地上扬,咧着嘴露出笑容——这是当天她第一次发自内心地笑、爽朗地笑。

"博尔兀,你……"凝望着她的身影,青鳟忍不住先唤出声。

博尔兀抖擞着精神来到青鳟身边,用不再熟悉的陆地通用语唤着他们的名字:"青鳟、费柴、察理,你们平安无事,实在是……实在是……太……"五年的海上征战,五年的野蛮生活,让博尔兀几乎忘记"太好了"这句话该怎么拼,她只好僵着嘴,泛着笑,凝望着旧友们的双眸。紫眼珠与琥珀色眼珠不住对望,直到青鳟忍不住吃吃轻笑,博尔兀才跟着朗笑几声化解了这份尴尬。

游猎民多数听不懂东方陆地的话,只当她们的族母与旧时朋友寒暄几句。但见博尔兀转过身,把茅节高举之后插在沙滩上,然后让大伙儿就地蹲坐。她顶着腥风,左手握拳朗声说道:"紫鲷部的战士们,昨天晚上,咱们的弯刀带着信天翁的黑色灵魂,已经在黄颔部这条凶恶海鳗的咽喉上狠狠地划开伤口,苍生海的惩罚犹如滑齿龙的巨颚咬开了黄颔部的肚子。虽然她们凶猛的海骑就像鱼鳍,但昨夜的激战之后,这条海鳗的背腹鳍和尾鳍都被我们割了下来!现在,她们只能无助地扭动身体,等待着咱们的弯刀去砍脑袋、分部众!"博尔兀右拳激动地捶打着胸膛,左手顺势把茅节从沙堆里拔出,高高地举着,游猎民的情绪也跟着激动起来。经过彻夜苦战之后,此刻她们心中的激动就像潜藏在海底的比目鱼破沙袭击，疲劳化成的沙砾再也压制不住激动的身躯，一下子全被掀开来，顿时沙滩上、海面上都充斥着高亢沙哑的长嚎。

欢呼声中，博尔兀摊开右手，指向青鳞他们："我族英勇的战士们啊，这几位是我的陆上的朋友，是我族的贵客，苍生海的心胸像辽阔的耶勒欧里洋①，凡途经巧遇的异族都是它的客，也是咱们的客，我们得邀请他们来饮我们的椰酒，来啃肥美的鲣鱼，你们要像待我一样善待他们，明白吗？"博尔兀开怀地喊着，紫眼耀出金光。

"明白，苍生海的客！"众声齐唤着，族民们无不以好奇的眼光打量着这批来自陆地的访客。

"嘿嘿，博尔兀族母，你这位雄蜥朋友还生得真俊俏哪！蓝色的鳞片是那么光彩夺目，牙齿犹如洁白的珍珠，身材纤细，尾巴细长，比起我海穹庐里的那几个丈夫可爱多了！"一个族民大声说着。另一个也立即接口："是啊！陆地上的雄蜥就是不一样，纤弱的身躯真是叫谁都喜欢哪！"博尔兀也咧嘴笑了笑，然后竖着长棘说："嘿，你们几个可别打我这雄蜥朋友的坏主意，别被他弱不禁风的模样给骗了呦！我这朋友个性可强悍了，古灵精怪的脑袋可比

- -

①耶勒欧里洋：苏喇教巫医箴言当中所指的"真正的大海"，那是苍生海的灵魂来的地方，也是歌瓦们无法到达、无法理解的原生海洋。

{ 116 }

你们的都聪明,你们当心点儿,别被他耍得追着自己尾巴转哪。"博尔兀可不愿再横生枝节。

"还有个人类呢!我从没这么近看过人类呢!他的皮肤是那么光滑,他的脸孔多么扁平无趣啊!他的头顶上长着几丛长毛,模样挺有趣的!"有个年轻的雌蜥大声嚷着,她一身带有紫光的鳞片,犹如放出紫雷的乌云。

博尔兀咧嘴,指着年轻雌蜥笑道:"椰里台的海穹庐里出生的紫云啊,你是第一次出征吧?既然背起弓箭,挂上弯刀,你就是我族的战士了,往后免不了跟人类打交道,你得跟我这位人类朋友多亲近,学学他说的话,往后用得着!倘使你学会他说的话,我就送你一张弓!"

"好啊,族母,这是你说的,可不许反悔哪!咱家在我小时候,也曾追着东边海域的潮流捉过几年鱼,陆地上的话,我也多少会说几句呢!"紫云抠着下巴的细鳞,自信满满地答应。反而是紫云的母亲椰里台慌忙喊道:"博尔兀族母,我这海穹庐里的小蜥儿鳞片都还没长齐,能替你张弓射箭就不错了,怎能夸口拿你的弓呢?"

博尔兀笑道:"没关系!这聪明的小雌蜥儿有骨气是好事,是你椰里台的福分,就让她到我海穹庐里看顾我这些朋友吧!你们年轻一辈都学学,谁要学会了东方的陆地话,不论是哪一种,我都送她一张弓。"

这时紫云又想到了什么,眨着黑眼珠开了口:"博尔兀族母,要是事成了,我决定不要你的弓啦!"椰里台赶忙上前,想带走紫云,不过博尔兀被她的话勾起了兴致，笑着问道："哦？你不要弓，难道要把弯刀不成？还是想要我手上这把茅节长枪？"

"不是，族母，我已经有一把弓了，但是我弟弟明年就要上战场了，我想替他弄张弩。"紫云率直地回答。

"好，有志气！姊姊能替弟弟着想，手足能相互照应，这是咱们游猎民跟海搏斗的依靠。紫云，我答应你，下次若上岸时，我会替你从陆地上抢张弩来。"博尔兀又开怀大笑，接着道，"椰里台，你生了个好女孩哪！"

"苍生海庇佑啊！"椰里台也笑了。

趁气氛缓和，博尔兀宣布："在额图真率领的分队和黑鲔部的友军来这儿汇合之前，大伙儿都去休息休息。喘口气，把弯刀上的血渍擦掉，把身上的伤口包扎好，待会儿大军到齐后，我们要一块儿去给黄颔部致命的一击！在这之前，弓不离臂，刀不离腰。都休息去吧！"她再度举起了茅节，族民们应声解散，或三三两两散步，或成群结队嬉戏在整个沙滩上。现在博尔兀终于有时间跟青鳞他们私下交谈了。

"很棒！你是个好族母，博尔兀。"一只布满绿鳞的手臂拍了拍博尔兀的肩。博尔兀转过头，还来不及出声，鱿勒纤瘦的身影早已从容地远离。

看着鱿勒高挑的背影，当年在优格梭里那个清晨的回忆渐渐袭上博尔兀的心头。这么多年来，鱿勒全然没变，同样悠闲自得的走路方式，同样象牙色的短短鬣棘，每当她看到鱿勒值得信赖的背影，就算心中还有忧虑，也都能短暂地舒缓一口气。

博尔兀又眨了眨眼，幸福的感觉油然而生，她知道有个歌瓦辛苦将她养大，在紧要关头也从未令她失望。即使是这场仗，也全亏了鱿勒，她的朋友们才能毫发无损地被营救出来，自己欠鱿勒的，实在太多。

博尔兀望着鱿勒，轻轻地微笑，那是不需言语表达的、深深的谢意。直到一只布满蓝鳞的手拨弄着她颅颈上的鳞片，尖锐的声音在她耳旁响起，博尔兀才意识到青鳞就在身边。

"博尔兀，你变了好多……"那是句有些陌生的陆地话。

青鳞抬头望向旧时的玩伴，她变得更高了，却也消瘦了不少；辛劳的生活在她原本丰盈的体态上刻画出骨感的棱线，饱满的稻橙色鳞片因久经海风的吹拂而显得粗糙。

她的紫眼珠不再平静而柔和，反而像大海一样深邃而汹涌；头顶上的长棘许久未曾修剪，犹如剑丛无序地矗立着；她的唇鳞开阖间隐约露着獠牙，满身鳞片都杂着几粒白黄色盐晶，浑身都闻得到潮水的咸味。

博尔兀抚着颈鳞，下意识地转过头去，恰好与青鳞四眼对望，但是她在海洋上为求生存而日积月累的凶恶神色却无法收敛，绽放着凶光的紫眼珠若雷霆闪电，顿时吓得青鳞缩回左手，不自觉地向后退了一步。

"啊……"博尔兀看着青鳞失措的举止，才恍然察觉到自己无意间露出凶光，赶忙开口，一时间却想不起通用语的"对不起"该怎么说。

千言万语堵塞在她的喉头,面对脑海中这些既陌生又熟悉的语言,博尔兀犹豫着该如何开口,的确,她已经好久没有使用这种语言了。

"我们,到博尔愣格那……那儿去福兀契吧!"终于,她还是开了口,但不只青鳞他们不太能理解,就连博尔兀自己也听得一愣一愣的,有些陆地词语她还是没能想起来,因此说出口的话有半句还是以海语发音。

望着朋友们眼中的疑惑,博尔兀更加慌忙,只得指着沙滩,右手比着走路的姿势,支支吾吾地重复道:"博尔愣格那,博尔愣……"此时察理灵光一现,忙问道:"博尔兀,你是指到沙滩上走走吗?"

"对,到博尔愣……沙滩上……聊聊好吗?"在察理的帮助下,博尔兀的陆地通用语终于突破了那道难以跨越的藩篱,慢慢找回了过去的语感。"咱们,沿着沙滩上走走吧,顺便聊聊这几年来的赤泰纳……情形,如何?"

"嗯。"大伙纷纷点头赞同,于是以博尔兀为首,两个歌瓦和一个人类都跟在她尾巴后头,踩着缓慢却算不上悠闲的步伐,在沙滩上留下好几串爪印……

游猎民的喧哗声掺杂着几声海鸟鸣叫,不断回响在青鳞耳朵里。脚踩着松软的沙滩,青鳞、费柴以及察理亦步亦趋地随着博尔兀漫步着。她们不断前进,却没有谁率先开口打破沉默。

青鳞踌躇着,在见到博尔兀之前,心里似有几十打的话想对她说,但真正见面的时候，一句也想不起来。

博尔兀面露凶光的那瞬间还历历在目，青鳞心有余悸。七年了，她变了好多好多，眼神、长棘，就连身上的味道都散发着赤裸裸的野性。博尔兀仿佛不再是当初他认识的博尔兀，不再是那个会读书写字的温文小雌蜥；现在的她，提着弓箭和弯刀，眼里暗藏着不知何时会爆发出来的杀机，危险的气息无时无刻不弥漫在她的周围。这，不是青鳞记忆中的那个博尔兀！

博尔兀也犹豫着，这些善良温和的陆地朋友们，他们繁杂的服饰、轻柔缓慢的举止以及满口韵味十足的陆地通用语让博尔兀仿佛看到了年幼时代的自己——那个已经陌生的自己。她随时可以重温这些抛弃已久的记忆，但她同样感到生疏与恐惧：对陆地观念、陆地文化的生疏以及对未知的恐惧——害怕一旦与过去的博尔兀交谈对话，一旦重新体验陆地上的一切，向大海讨生计所需要的坚强、勇敢、睿智、勤俭，甚至是残忍，这些必要的德行，都会因感染陆地上的柔弱而迅速崩解。

倘使她只是个游猎民，这也不打紧，但她清楚自己是博尔兀，是继承天命之名的游猎民世族，是皇鲟单汗的仅存血脉，是丹顶额图真这些老臣复兴角鲸部的唯一依赖与寄托。

现在，她更是紫鲷部的族母，是数以千计的族民依靠的、为她们指引鱼群与季风的候鸟。面对瞬息万变的天候她必须果决，才能领着族民避开飓风的侵袭；面临弯刀在握的敌族她必须残忍，才有办法率领海骑砍下敌军的头颅。在汪洋上挣扎着求生存，她的一举一动决定着众多生灵的存亡，因此族民们可以慌张，可以哭喊，可以挣扎，但身为族母的博尔兀却只能够坚强！

因此博尔兀下意识地逃避着与旧时玩伴的攀谈，她们不断在沙滩上迈着步伐，却始终沉默不语，甚至连眼神的交错都刻意避免。博尔兀偶尔漫无目的地指着周围的景色与游猎民，口中喃喃自语着无意义的词汇："部队等会儿要集结……许多弯刀都有了缺口……长矛……"终于，察理决定打破这尴尬的气氛，他见到身边粗鲁野蛮的游猎民士兵，看到她们手中的弓箭，顿时脑子里有了灵感。

"弓箭哪，弓箭！博尔兀，你还记得七年前咱们一起去看的那场骑士比武会吗？我记得，当时也有专门为平民举办的弓箭比赛。博尔兀，你还记得紫杉木长弓的模样吗？相较之下，你这把弓好像短多了。"

"那场在优格梭里的比武吗？"博尔兀怎么可能不记得呢？就在那长枪比试场外的赌注竞技场，她撞见了震撼她此生的场景，也从此远远地离开陆地，离开优格梭里。那美好的一日，她怎么可能忘记呢？

过去历历在目，紫杉木长弓的模样也清晰依旧，于是博尔兀叹口气，卸下背上的复合弓递给察理，眼光顺道扫过青鳞与费柴的蜥蜴头颅，却发现她们也正偷偷观察着自己。

"其实差别挺大的，紫杉木长弓几乎跟男人一样高，而我这把弓还不到我的一条腿长，加上材质不同，长弓的威力可比这把大上好几倍呢。"博尔兀又说道，"你们可以摸摸看。"

"咦？既然长弓威力大很多，为什么你们不改用长弓呢？"

"这是由很多因素决定的。首先，我们在汪洋中，几乎找不到上好的木材，因此造弓也得尽量节省材料；此外，长弓虽然威力大，但是体积庞大，难以携带，反倒不如弩便于操作。"

"这样啊！"博尔兀的三位朋友仔细端详着那把弓。

"此外，还有更重要的原因是，优格梭里的兵丁都穿着厚厚的铁甲，威力小的长弓没法子伤到他们，而我们海上可没有几个歌瓦愿意穿着铁甲作战，因为太沉了，下到海里就浮不起来了，会回到苍生海母亲的怀抱里去。要把箭射入敌人的鳞片里，这把弓就绰绰有余啦！"突然间，博尔兀察觉到自己竟已开始使用"绰绰有余"这个陆地特有的词语。即使陆地上的记忆犹如整群飞鱼依序跃出海面一样涌现在博尔兀脑海，她也丝毫不觉得自己有因此而变得懦弱的倾向。

这时远处突然有族民大声叫道："族母，有鲸！快看哪儿！"博尔兀顺势别过头，恰好见到一条优雅又健壮的须鲸跃身翻转，身体整个埋进海水中，掀起无数白色波涛。不久后那条鲸鱼又再度跃出水面，从巨大的胸鳍和头上的节疣可以判断出那是只……

"大翅鲸！是大翅鲸！"声音回响在游猎民之间，也同样使博尔兀的心灵雀跃，突然间她有了深刻的感悟。

大翅鲸守着浪客们的灵魂，是浪客的守护者，而浪客之所以为浪客，是因为克服了重重难关考验，从苍生海掌中讨回了自己的命运。既然命运掌握在自己掌爪之中，既然已经通过了无数考验，博尔兀还需要担心自己会被陆地的回忆影响吗？如果这确实是个考验，那么战胜了无数困难的自己，又怎会败在这小小的难关？

顿时，博尔兀克制不住地笑了，然后她一改之前的态度，满是兴奋地向青鳞、费柴与察理介绍大翅鲸与海洋。她的心境是如此单纯而澄澈，就像当年优格梭里的那位小雌蜥一般。就连青鳞也察觉到了博尔兀的转变，即使博尔兀浑身的野性并不曾消失，但他在她的眼底找到了一丝丝自己所企盼的、那熟悉而热诚的情感。

博尔兀毕竟还是博尔兀，所以他也放心地笑了。

"刚刚我还不敢说……不过，博尔兀，你变了好多好多，你的牙尖了、鳞粗了、尾巴扁了、眼神也凶了，不过你还是博尔兀。"青鳞再次抚着博尔兀颈后的鳞片，抬起头凝望着对方。

从长弓到大翅鲸，从大翅鲸到飞鱼，再从飞鱼到独木舟，她们仿佛回到儿时，毫不疲倦地聊着、笑着。直到远方海面上又陆续出现许多海骑，一位游猎民卫士赶上前来喊道："博尔兀族母，额图真的部队还有黑鲔部的联军都来啦！"

"好！叫岛上休息的族民全都整装出发，咱们现在就去把黄颌部这条恶鳗鱼的颈子扭下来！"博尔兀一听到这个消息，颅颈上的长棘不自觉地竖了起来，"用菊石制成的军号，吹出一长四短的集合号令，把命令像海风一样传递下去。"卫士应声便要转身，博尔兀突然又张开左手说道，"慢着！"

"什么事，博尔兀族母？"博尔兀抠了抠下颚细鳞，问道："你去问问有没有多出来的蛟龙，有的话待会儿顺道带到集合区的海岸，让这些陆地朋友们见识见识蛟龙的剽悍与活力！"然后博尔兀回头，对三位陆地朋友说，"刹奴杰……呃，等一会儿，你们几个随我一同去接收黄颔部的残兵败将吧！"她满布鳞片的手掌兴奋地抚了抚腰间弯刀。

面对博尔兀眼中再度闪烁着的狂野的凶光，青鳞他们唯有无言地颔首……

第二节
旗勒忽兰

骑乘蛟龙的经验对青鳞而言并不算陌生，但也绝对称不上熟悉。

在遭到黄颔部强掳的这段日子里，他常被迫与察理同乘在一匹蛟龙的颈子上，费柴则骑着另一匹蛟龙。他们都被绑住双手，尾巴也被牢牢地捆在鞍边，两匹蛟龙则由负责看守的黄颔部歌瓦牵引着，周围与水底下都有负责看守的士兵，几把锐利的长矛无时无刻不紧盯着他们，他们稍轻举妄动，下一秒钟便会浑身是窟窿。

而现在，即使胯下的蛟龙仍由前方的海骑卫士牵着，但至少双手并未被反绑，长矛的尖端也不再指向他们，而是直挺挺地朝着天空。

不断从小腿经过的海水卷起了小扰流，使青鳞确切地感触到他们正迅速奔驰在洋面上。青鳞、费柴、察理的蛟龙夹杂在一大群游猎民战士的阵列之间，雌歌瓦都佩戴着弯刀、弓箭，个头娇小的雄歌瓦则两两合乘一匹蛟龙，也都挺着长矛与匕首。博尔兀位于前方不远处，鱿勒也骑着蛟龙在博尔兀的左方。

在部队右方，还有另一支海骑队伍由一个陌生的胖歌瓦所率领，那个雌歌瓦长着蜡白色鳞片，头顶上却泛着酒红，在海滩上曾与青鳞等打过照面。她的名字叫丹顶额图真，是个学识丰富的将领。当博尔兀介绍双方认识后，额图真也热忱地用陆地上的话同青鳞们寒暄几句。从她身上，青鳞能够隐然感觉到威严的长者风范。此外尚有好几支博尔兀麾下的部队跟随在右后方。在博尔兀军队的左方，还有另一支军容相当的队伍前进，为首的是一个长着潮蓝色鳞片的歌瓦。

联军从会合的岛屿出发后，先向北绕过那片到处漂浮着尸体、水里泛着猩红的海域，再向右直行，途经几座孤岛，岛上有数种海鸟拍着翅膀彼此追逐，在半空中抢夺着其他鸟儿所捕的鱼。远离孤岛群之后，在青鳞视野的尽头，在那海天一线的圆弧平面上，另一群珊瑚礁屿出现。

再继续前进，礁群的轮廓也逐渐清晰了起来。数个礁屿上搭建着简陋的临时建筑，用礁岩和木材勉强搭成尖锥状，顶端再覆上椰子叶、棕榈叶等用以防漏。唯有不懂建筑技术的野蛮民族，才会建造出这种既不坚固、又无法遮风避雨的屋子——假使那还能称作房屋的话，或许，称它们囚笼更贴切。

直到昨夜，青鳞、费柴和察理还被囚禁在这种囚笼内。青鳞记得，每逢大雨滂沱的时候，顶上那层树叶搭设的屏障就跟没有差不多——笼外豆大的雨点打在礁岸上，屋内则是淅沥沥的水滴，浇得他们瑟缩着发抖的身子紧挨在一起，借彼此的体温抵御随之而来的寒意。

每当带咸的雨水从他的额顶流经松果眼到达吻端，再犹如瀑布沿着下颌、沿着那陡斜的颈子顺势淋遍全身时，青鳞便会忆起故乡的温暖。优格梭里！他怀念那几条铺着精致石砖的街道，怀念那些石砌或木造的坚固建筑——无论是人类居住的尖顶方屋还是歌瓦惯居的石屋都无比坚固。

他怀念那温暖的稻草，在那间总得跟五个兄弟们挤在一起的、不大的别室里，他会眨着下眼皮，望着那只总趴在家门口的老石化蜥蜴沉沉入睡。即使屋外的雨下得再大，把石屋的四处低洼灌成护城河或是许愿池，石屋内也永远保持着干燥与温暖。面包与麦粥、鲜鱼与野蔬，这些平淡无味的食物在这汪洋中却显得那么珍贵，那么遥不可及。甚至，只是一小杯不含盐的清水，在海上都是一种奢侈。他不能忘掉每晚察理为了向游猎民讨取一瓢淡水而惨遭痛殴的情景。

他痛恨没有教养的野蛮游猎民，更痛恨囚笼中枯燥贫瘠的苦日子——尤其是囚笼旁那座同样粗制滥造的瞭望台，游猎民们总攀爬到台上，对着底下大声叫嚣。即使青鳞听不懂她们的语言，也能看到那些雌蜥不怀好意的目光，以及雄蜥更加不怀好意却多了些嫉妒的瞪视。

更加接近礁群，那座梦魇般的瞭望台再度出现在青鳞眼前，他决定了，一定要叫博尔兀拆了这座瞭望塔，制裁那个诱骗他们的阔出台！青鳞想着想着，视线不自觉地落在博尔兀背上。

充满野性的博尔兀，她在海上待了这么多年……她怎能适应这么艰难的生活？青鳞一想到此就觉得不可思议。要是他，天天吃快腐烂的鱼肉，喝苦咸的海水，这种日子可没法过。他不自觉地甩甩头，想把满身的不快从长棘末梢甩开。

就在此时，博尔兀突然一声喝令，跟在身旁的游猎民歌瓦瞬间全都搭弓拔刀，青鳞转头左望，发现另一个部族的战士也同样在整军备战。

"莫非……还要打仗不成？"青鳞察觉到流过自己小腿边的水流变弱了，看来是胯下蛟龙正随着整支大军减缓速度。

他发现费柴与察理的神情也出现疑虑，正慌忙地东张西望。在这不安的片刻，一个身披紫鳞片的雌蜥策着蛟龙向这边靠过来，她的眼里绽放着好奇与兴奋，用带着口音的通用语对青鳞等喊道："我们要……消灭……黄颌部，你们是……族母的朋友……我……紫云会……保护你们。"这个自称紫云的雌歌瓦颅颈上竖着马鬃般的鬣，而不是长棘，下颌的鳞片泛着些许鹅黄，身材健壮匀称，看起来只有十七八岁。

紫云举起刀示意会保护他们，然而青鳞他们面对这突如其来的热情举止却不知该如何应对。青鳞下意识地低下头，却察觉到礁屿近处的海面下漂浮着几千顶巨大水母。被俘虏当日他曾见过一次，昨夜被鱿勒营救时又看到过歌瓦从水母体内游出的景象，青鳞渐渐明白了这可能是游猎民用以遮风避雨的居处，或许，海盗蛮子的房屋盖得这么差，就是因为住在这些水母体内的关系！

青鳞察觉，这些巨水母里都待着好几个歌瓦，他们全都抱着双手蹲在一起，却不时抬头向上张望着，他们多半是雄歌瓦或是老歌瓦，然而水母周围却没有昨夜那些勒着巨鱿鱼、手持渔叉的士卒，难道……

他又把视线移到海面上，这时在博尔兀军队的正前方，另一支看来显得弱小的游猎民军队正严阵以待地把守着这群珊瑚礁屿与巨水母聚落的前方，而在她们的正下方，也隐约能看见水中的士兵。

黄颌部的这支军队中，许多游猎民身上带着刀伤箭伤，显然经历过昨夜的恶战。军列正中央有一队二十多名的海骑，全都穿戴着蛟鳞、鲨甲所组成的盔甲，左手握着威武的戎戟，弓上漆着浓鹅黄色，弓弦因泡在云青牡蛎壳中煎煮过而呈现出淡紫色光泽。一面镶满黄色盖刺鱼鳞的旗帜在她们中间飘扬着。与身边的游猎民相较，她们个个气色饱满，高挺着胸膛随着海波与浪潮起伏，即使眼前的敌军来势汹汹，她们的眼神也依旧平静，握着缰绳的手没有任何颤抖，只因她们认为苍生海早已安排好一切，没有什么是值得害怕的。

这时阵列最中央却传出一声粗朗的喝令声，卫士们层层交错的戎戟顿时移开来。紫鲷、黑鲔二部联军将士们的视线内出现了一位年迈的雌歌瓦，她头顶的铜冠竖着三束黑白间杂的樱羽，垂垂老矣的肥胖身躯穿着罕见的铜铠，两肩都披着装饰用的鲨甲。

年纪使然，雌歌瓦的下颌与脖子都和她的身躯一样丰腴，喉头下的肌肤因为脂肪的堆积，像极了雄歌瓦的肉垂，眼窝旁的眶鳞被肥肉高高拱起，把眼睛挤得只剩下条缝隙。

虽然体态上看来有点儿臃肿，但这位雌歌瓦依旧挺着腰杆，左手拿着一把长柄兵刃，策着蛟龙游出了卫士的阵列，浑身上下散发出一种高贵而刚毅的气质。她就是黄颔部的老族母旗勒忽兰。

旗勒忽兰自骑着蛟龙上前，先是无语地望着晴朗天空，轻轻叹了口气，再缓缓深吸一口气，而后喉头发出干涩的嗓音，对着联军喊道："黄颔部的族母，旗勒忽兰和她的棘鳞枪在此！"

博尔兀听见了旗勒忽兰的呐喊，先回头与额图真、鱿勒对望几眼，交换眼色后，再望向右方的黑鲔部，举着茅节，抬起右手示意，然后喊道："我的托答，苍生海在看着，这是黑鲔部的复仇机会！"

黑鲔部的军阵中很快便游出一个方额阔颅的蓝鳞海骑，高举着手里的画戟响应，也充满豪气地喊道："你的好意栾缇哥那领受了，博尔兀托答！"接着她右手一挥，十多位黑鲔部海骑跟着也游出阵列，尾随着栾缇哥那一齐缓缓向旗勒忽兰逼近。黄颔部眼见黑鲔部来势汹汹，也不敢懈怠，派出相当数量的卫士，她们把箭搭在弓弦上，瞄准栾缇哥那，准备随时拿走她的性命。

但栾缇哥那丝毫不以为意，她知道苍生海正在看着，因此依旧昂然前进，任凭胯下的蛟龙缓缓游到旗勒忽兰跟前，那十多名海骑也缓缓来到栾缇哥那身后排成一横列。

旗勒忽兰正要张口，栾缇哥那却在此时从腰间取下一个物体，掷到旗勒忽兰跟前。这个动作几乎让她当场成为插满箭支的刺河豚，不过她泰然自若的神情和凛然豪气，却压倒了旗勒忽兰的卫士们的气势。她看也不看卫士们一眼，就像把命运都交给了苍生海一般，以至于没有卫士胆敢松手放出第一箭。

直到那物体掀起的水花落在卫士们跟前，她们才发现那载沉载浮的物体竟然是颗蜥蜴头颅，那颅颈上的长棘一根根地折断，面向天空的眼窝里白蒙蒙的没有了眼珠，微微张开的嘴巴仿佛要说什么。

"窝里……"就在旗勒忽兰失神地望着长女的头颅时，栾缇哥那身边那些黑鲔部歌瓦也纷纷把手中的歌瓦头颅抛到海面上。旗勒忽兰放眼望去，忽森、阿百答、牙冽儿……三十多颗黄颔部世族的脑袋就这么浮在眼前。一时之间惊讶、激动与愤怒同时冲击着老族母,让她说不出半句话来。

"你的四个长女和二十八个孙女的脑袋全都在这儿!旗勒忽兰,现在我提着你女儿和孙女的头颅来,如之前你对你的托答、我的祖母——黑鲔部族母栾缇车帅所做的一样,我要带走你的族民部众,让黄颌部这条海鳗鱼失去背鳍和腹鳍,不能继续在汪洋里横游霸道!"

旗勒忽兰低头望着女儿与孙女们的头颅,久久说不出话来,只剩下一条缝的双眼失神地向下望——望穿了碧蓝的海面,透过靛青的海水,直达幽暗深邃的海底。她的喉间响起依稀难辨的呜咽语调,喘息般地呼唤着:"苍生海啊,苍生海……"接着她又仰起头望向天际,万里晴空,海面吹拂着凄凉的海风,白炽的艳阳发出刺眼的光芒,几乎让她睁不开眼睛。

"不只是海洋母亲,苍穹父亲们也……"旗勒忽兰长长地叹口气,闭起双眼,无助地摇摇头,再摇摇头,颅颈上的长棘却一根也竖不起来。

栾缇哥那乘胜追击道:"因为你背叛苍生海所见证的托答友情,做的都是逆着海风和洋流的事情,所以苍生海让我把灾祸降在你和黄颌部头顶。旗勒忽兰,鼓起身为勇士最后的勇气,在海洋母亲面前辉煌地流尽鲜血吧!"

"栾缇哥那,你……实在像条虎鲸,凶狠又霸道!族母,跟她拼了,即使咱们黄颌部全军都被屠尽,也不愿做黑鲔部的奴隶!族母!"一名黄颌部的卫士看不下去了,出声叱喝着。另一名也跟着说:"对,族母,咱们跟黑鲔部拼了!我现在就一箭射死这飓风般的祸害栾缇哥那,再同她们死战,即使流干最后一滴血,咱们也在所不惜!"说罢她搭起弓就要射向栾缇哥那眉间。顿时,栾缇哥那身边的黑鲔部战士也纷纷拔出弯刀,黄颌部其余军队以及黑鲔部、紫鲷部联军也嗅到这股紧张气氛,纷纷绷紧神经,武器在握。

然而栾缇哥那却朗声狂笑不已,摊开双臂道:"旗勒忽兰,昨夜一战,你的大军已经损失了十之五六,你让许多母亲们再也回不到海穹庐里照顾她们的小蜥。接下来这一战,我栾缇哥那也不畏惧,假使黄颌部执意要打,那么我必定让黄颌部所有的海穹庐里没了雌蜥的影子,让她们的丈夫、儿子都成为黑鲔部战士的奴隶与侍奉,让他们从此在白天见不到光明,照着太阳却感受不到温暖!我的心意就像石头一样坚硬,如果黄颌部要为了黑鲔部把血流光,那么就流吧!"

"你……"持弓的卫士一阵恼怒,眼见就要松开左手,一箭射死栾缇哥那,却听得一声苍老而沙哑的斥令声:"住手!忽拿。"旗勒忽兰重新调整头顶的铜冠,让三束黑白间杂的樱羽端正地竖着,接着调整了坚甲、胸甲,最后举起了手中的兵器。这兵器的长柄由铁铸成,矛刃闪耀着明镜般的光芒;几条长棘般的装饰从刃柄接缝处平行散出,其余部分则布满了细爪般的蛟鳞。

"这是我跟这小雌蜥的三代恩怨……"旗勒忽兰喃喃念道,"你们回各自的海穹庐去吧,让她保障你们身家的安全。她需要的,只是我的血。"旗勒忽兰望着栾缇哥那,这个年轻的歌瓦比她还要残忍好几倍。

"族母!"那卫士仍是激昂万分。

"去吧,忽拿。去吧,拔勒儿。你们都去吧。黄颌部这条海鳗就要死了,就让它安静地死去吧。"旗勒忽兰灰心丧气地让卫士们折返后,面对栾缇哥那正要举起兵刃,突然又迟疑了一下,向后唤道:"合勒在吗?"

"族母,我在!"一名中年雄蜥策着蛟龙从黄颌部军阵中游出,来到旗勒忽兰身后。

"合勒,那件事按照我的吩咐办了吗?"

"办妥了。奇格尔本来还想留下来助阵,但我让四十二匹蛟龙拉着那艘大船向北进入洋流。奇格尔最后拗不过,也只得跟着船北返了。临去之时,她说她会记住这一切的。"旗勒忽兰听了又是一声长叹,喃喃道:"好,走了就好。跟绿蟥部借的那东西虽然没能来得及派上用场,但如今能妥善归还,也总算没再给她们添麻烦。奇格尔这女孩儿有情有义,这更得让她平安回绿蟥部去。都办妥了的话,绿蟥部和蓝帝汗那里也就有了我们的消息。"

"旗勒忽兰族母,奇格尔姊姊说过,她会替咱们报仇的!"合勒这时禁不住哽咽道。

"报仇啊……这事情传到绿蟥部和赤瑁部的蓝帝汗那里,的确应该会有所动作的,可惜那是在我死之后的事情了啊……"旗勒忽兰惨笑着,然后继续说道,"合勒,你回去吧。或许数十年后,黄颌部还有再振兴的一朝,保重你的身子。"

"族母……"

"走吧,合勒,我的事儿也该有所了结了。"说罢,旗勒忽兰把视野转回正前方,盯着栾缇哥那,缓缓喊道,"来吧!栾缇哥那,我那不肖托答栾缇车帅的孙女啊,没有什么值得遗憾的了,苍生海都安排好了,你当族母的话,奸诈狡猾得能跟蓝帝汗相匹敌,不过这不关我的事儿了。现在,就让这柄卫士深潜海底为我打捞回来的棘鳞枪,伴随着我黄颌部族母旗勒忽兰的名号,一起在苍生之海上扬名吧!"

当栾缇哥那高举着旗勒忽兰的棘鳞枪,返回两部联军的时候,巨大的欢呼声回荡在整个军阵之中。连旗勒忽兰这最后的阻碍也消失了,现在,该是兼并黄颌部的时候了。

"咱们也快上前去吧,博尔兀族母,别让黑鲔部那个蓝鳞片的家伙占尽了好处,这一仗,咱们紫鲷部流的血可不比黑鲔部少,可不能让那些瘦巴巴的家伙们像只狮子鱼在那里撑着鳍条耀武扬威哪!"一名瞎了松果眼、头戴铜盔的紫鲷部战士来到博尔兀身边,情绪激动地建议道。

"是啊,我老早就看不惯栾缇哥那总是一副老大姐的模样,要搞清楚,如果不是博尔兀族母不理会黄颌部的诡计,前去通风报信,她那颗蜥蜴脑袋瓜说不定早被鱿勒扭下来了。现在还这样炫耀,到底眼里还有没有咱们紫鲷部?"立刻就有另一名族民附和。

博尔兀早料到会有这样的事情发生,正要开口安抚这些族民,未料左方却传来了一阵低沉的粗嗓音:"没了松果眼的札尔巴,咱们的博尔兀族母的确是该上前去,但绝不是要去抢那个栾缇哥那的风采,而是得向她提醒,属于咱们紫鲷部的那些蛟龙、赤鱿、海穹庐、族民一点儿也不能少!这才是最实际的。黑鲔部要面子,暂时咱们就给她们吧!倘使蓝帝汗要替旗勒忽兰复仇,首先打的也是黑鲔部,而不是咱们。嘿嘿……我说,博尔兀,咱们的确是该上前去了!快呀!"这话正是出自老谋深算的丹顶额图真嘴里,她吻端和前额上的酒红色这时更加鲜艳。博尔兀知道这位老将的心情十分愉悦,这也让她稍微松了口气——本来,博尔兀还以为首先嚷着别让黑鲔部抢尽风头的必定是性子急的额图真,没想到额图真的心机远比她想的还深上许多。

"嘿嘿,果然是狡诈的额图真说的话,我就知道,咱们让栾缇哥那抢风头一定是基于什么考虑的;嘿嘿,砍下黄额部世族头颅的是黑鲔部,逼死旗勒忽兰的也是有着血仇的栾缇哥那。额图真啊额图真,你的脑袋可真不简单哪!"札尔巴这会儿邪邪地笑了笑,伸出指头,眯着下眼皮朝丹顶额图真指了又指。

"这不算什么,咱们还是快上前去吧,博尔兀、鱿勒,咱们大伙儿快去给栾缇哥那道贺!"额图真的下眼皮眨了眨,忙催促着紫鲷部上前去。博尔兀从她黑色的眼珠里仿佛还看到了什么诡计。额图真怀着什么样的心思?肯定比方才说出来的还奸诈不少。不过博尔兀依旧满心喜悦地策着蛟龙上前去。栾缇哥那一见到博尔兀,忙充满豪气地喊道:"博尔兀!我的好托答!"

"栾缇哥那托答!"

"你给了我复仇的机会，我栾缇哥那代黑鲔部的列代族母致上敬意，就用这柄从旗勒忽兰那儿夺过来的棘鳞枪，表达我们的谢意。"

"正如你所说，我们两族始终同心协力，才能打败黄颔部这难缠的敌手。"博尔兀突然有种冲动，一句话脱口而出，"咱们都该感谢对方所贡献的一切，我拿这柄指挥的茅节来换你的棘鳞枪，作为咱们两部族再次结盟的凭据！"

"好！不愧是我的好托答。博尔兀，就在苍生海母亲的见证下，以这两柄兵器为信物，咱们紫鲷、黑鲔两部再度重申姊妹之盟。我们两族要像把鱼从肚子剖开来一样左右对分黄颔部的这些族民、海穹庐，你我都绝不贪婪，谁多拿了一份，就教她的小蜥给海豚叼去养成九头海妖。"栾缇哥那兴奋之下也十分大方。

"没错！今后面对其他敌族，我们也要并肩作战，共享荣耀！就像对待托答一样！"博尔兀感到心底一阵舒畅。

"好，好！黑鲔部、紫鲷部的诸位姊妹勇士们，今日我栾缇哥那要在你们见证之下，再次与博尔兀结为托答姊妹，愿日后同食鲜鱼，同饮椰酒，均分战利！哈哈哈……"于是她们并肩，博尔兀举着棘鳞枪，栾缇哥那举着茅节，接受来自双方部众的欢呼与祝贺。在那个瞬间丹顶额图真的下眼皮曾不自然地抽动了那么一下，双方的少数战士的嘴角僵硬地堆起了笑容……

联军把黄颔部扎营的海域团团围住。黄颔部残余的部众只好交出她们的武器；每个母亲都领着几个丈夫和小蜥儿们窝在自己的海穹庐听候分派，她们原有的蛟龙、巨鱿鱼、奴役全都停留在原地，等待黑鲔部及紫鲷部差遣。在紫鲷部占领的这一边，少数不愿跟随这两个部族的几家游猎民，也在留下大半财产、奴仆之后获准离去。

年迈却无所依恃的老歌瓦，被分派到各家去奉养；年幼却失去双亲的小蜥儿，先由巫医们挑选一些收作巫子，剩余的则被分配，由各军头、世族收为养女养子。

点校陆续进行着，博尔兀在额图真和鱿勒的陪同下，骑在蛟龙上缓缓检阅所归附的族民。从海面上放眼望去，许多紫鲷部族民提着渔叉正忙着清点所归附的族民，她们从一顶海穹庐出来之后，旋即又进入另外一顶；偶尔她们会动作粗鲁地拿武器威吓驱赶这些归附的黄颔部残众，头顶的长棘与脸孔的鳞片不时凶恶地竖立着，蛮横的模样让青鳞忍不住眯着眼睛，悄悄地走向前，然后叫道："博尔兀。"博尔兀应声回过头来，看了青鳞一眼，让额图真和紫云领着军队继续在海面上检视，自己则放慢蛟龙的速度，直到与青鳞他们并驾齐驱。

"怎么啦，青鳞？"

"博尔兀,你们对待俘虏都是这么凶狠吗?"青鳞指着其中一顶海穹庐,有个紫鲷部战士正声色俱厉地拿着匕首抵在穹庐壁上,把里头的蜥婴吓得在海穹庐里发足狂奔。

这让他想起被俘虏监禁的日子,黄颔部的恶行恶状他已经领受了,待会儿一定要让博尔兀狠狠惩罚那个叫阔出台的黄颔部游猎民,最好抽她几百鞭,让她痛不欲生!

"这已经算很温和了,我已经吩咐下去,不得劫掠和残杀投降的族民,否则,按照海洋上的规矩,失败者的部众连能不能活命都得看胜利者的意思!"博尔兀指了指右方。

青鳞顺着那个方向看过去,只见远处属于黑鲔部接收区的海域,不时有黑鲔部战士押着手无寸铁的雌歌瓦浮上海面,捆绑手脚尾巴后,将她们聚集到一处小礁屿上,然后毫不留情地挥刀砍落她们的头颅。即使夕阳的余晖让青鳞分辨不出这些歌瓦的面貌,但是当弯刀划过喉头,他依旧能看见喷洒而出的鲜血。黑鲔部战士提着弯刀进入海穹庐恣意掠夺,相较之下,紫鲷部的编收的确算是十分温和了。

"……这就是海洋生活的残酷,栾缇哥那正在行使胜利者的权利,她要将那些多年前背弃她祖母、归附黄颔部的几十个贴身卫士们全部处决,用这些背叛者的血来宣示她掌握着这些族民的生杀大权,让黄颔部的部众全都成为她的奴隶。而她所做的事情,在这海洋上稀松寻常,就像海风日日夜夜不时吹着。"

"仁慈的鬣蜥神加拉巴戈。栾缇哥那？她不就是你在五年前那封信里提到的、结拜为托答的好姊妹吗？博尔兀，没想到你……你竟然跟一个这么残忍的歌瓦结拜，难道你没有想过要劝她吗？"青鳞琥珀色的双眼不可置信地瞪着博尔兀，由于情绪激动，他几乎忘了自己眼前的博尔兀已经是一族之母，幼年时说话的语气不自觉带了出来。

"我曾试着劝过，青鳞。"对于青鳞的激动尖叫，博尔兀面颅上的表情却有些漠然，"但栾缇哥那报仇的意志不知早已酝酿了多久，一旦决定了，就像火山爆发一样无法阻挡；而且海上的游猎民，最痛恨的就是背叛这种行为。我的托答、我的好姊妹是黑鲔部的族母，她要怎么处理归降者，手段怎样残忍，即使我是她的托答也不能干涉，正如同她也从不干涉我宽容地处置投降者……"

"这……"青鳞顿时不知该说什么，博尔兀的确变了，而且变得令他难以理解。

"这里的海洋游猎民信的是海——苍生之海，她们不知道陆地信仰的众神；鬣蜥神加拉巴戈的仁慈与宽容，栾缇哥那根本没听说过，她们眼里只有恩情与仇恨，绝大多数的游猎民都是这样。青鳞，要在严苛的海洋生活，必须要心狠才行。"博尔兀的手轻轻搭上青鳞的肩，试图取得他的谅解，未料却在此时听到青鳞赌气道："难怪在船上的时候，负责护卫的黄颌部游猎民一听到'栾缇哥那'这个名字,就把我们给捉了起来,像她这么残忍的歌瓦⋯⋯"

青鳞的这句话才说到一半,博尔兀颅颈上的长棘便发怒似的猛然直竖,紫眼珠子顷刻间变得充满杀意。青鳞连忙噤声,却感觉博尔兀搭在自己肩上的左爪子瞬间加大了力道。

"什么?青鳞,你刚刚说什么?"博尔兀虽然竭力压制自己的怒意,保持语调的沉稳,但从她竖起的长棘、缩小的瞳孔,青鳞仍能察觉到她的情绪激动。青鳞条件反射地缩起肩膀,不敢直视博尔兀的双眼。

"没什么⋯⋯只是一件小事。"

"是吗?是谁将你捉起来的?"博尔兀眼见青鳞不说,便转向费柴与察理,"你们知道吗?"

"这⋯⋯"费柴与察理望着博尔兀,也察觉到了她眼底的怒气,犹豫着该不该说。最后,善于交际的察理才勉强开口:"是这样的,博尔兀⋯⋯我们⋯⋯"

"博尔兀,我来说吧,你吓到你儿时的玩伴们了!"鱿勒从容不迫的声音从博尔兀身旁传来,她也听到这些对话,刻意放慢蛟龙的速度来到博尔兀身旁,"镇定些,慢慢问,他们才敢像管虫展开美丽羽鳃一样说出事情的始末;你把他们吓坏了,他们说得支支吾吾的,可不好理解。"

"鱿勒?你知道这事儿?"

"嗯,昨夜救出他们时,青鳞说过,捉住他们的那个家伙名叫阔出台,只是情急之下我没能把她一并拎回来。"鱿勒望着青鳉说道，青鳉也睁着眼睛看看鱿勒，再对博尔兀颔首。

"青鳉，说说看，这个阔出台是怎么对待你们的。"博尔兀终究压制了怒气，把颅颈的长棘垂到颈梢，"告诉我这些事好吗？"青鳉、费柴、察理于是把当天他们在商船上如何与阔出台相识，如何在谈话中提及栾缇哥那的名字，又如何在入夜后遭到阔出台强行俘虏的经过全盘托出。遭到囚禁后，阔出台从他们口里得知博尔兀与栾缇哥那的结拜关系，因而才想出这条毒计……

"可恶！这个阔出台的心眼儿好比蓝洞一样深邃，每道涌出的热流都是她心底的计谋，这种歌瓦，不能留她活命。"博尔兀恨恨地握紧拳头，然后以海语对鱿勒说道，"鱿勒，你还记得这心肠比乌贼墨囊还黑的家伙的模样吗？能不能在这聚落里找到她？"

"救出青鳉他们的时候，我把她打晕过，不过昨天晚上只有两个下弦月，我只约略知道她是个身材魁梧的军头，剩下的，就得看看在这些黄颔部的族民里问不问得出些消息了。"

博尔兀闻言，说道："好，你让额图真传令下去，归附我紫鲷部的部众谁要能找出阔出台，无论雌雄，我让她一个冬天不需要捕鱼就有旗鱼肉可以吃，一个夏天不需要上岸就有椰子酒可以喝，如果她是个奴隶，就让她成为自由民！"

"好！等我消息。"鱿勒应声就要离去，博尔兀又补充道："鱿勒，找到了，就动手,拎着她的脑袋来见我,颈子底下有没有躯干尾巴都不打紧!我到黑鲔部那里去,让栾缇哥那帮我搜搜她们那半边海穹庐,看有没有那条心长弯钩的海蛇。"说罢,博尔兀扯起缰绳,就要向右方游去。青鳞虽听不懂方才的海语对话内容,但从博尔兀坚决的语气,说话时瞪得大大的双眼,知道她这一怒绝对非同小可。

"博尔兀!"青鳞不知自己为何会唤住博尔兀。而那满身金鳞的族母策着蛟龙来到他们跟前,紫眼炯炯有神地看着他们,语调愠怒,却又真挚地说道:"青鳞、费柴、察理,你们三个是我自幼以来的好朋友,之前所受的苦,海洋母亲会还给你们一个公道,给那该让鲨鱼咬上百口的贼蜥儿一个教训。"博尔兀又转头对紫云说道,"紫云,照看好我的朋友。"说罢,博尔兀头也不回地离去,留下青鳞他们默然望着她远去。

"博尔兀⋯⋯"青鳞微启的唇间再度唤出这个名字,她,真的变了。

博尔兀单骑往黑鲔部扎营的海域前进,沿途遇到几个黑鲔部战士正用海水洗涤弯刀,便随口问道:"这把铁打的刀够利!你们栾缇哥那族母在何处?"黑鲔部战士见是博尔兀,指了个方向给她:"族母的妹妹栾缇海牙就在那儿,去问她就知道。我这铁刀锋利是锋利,但不好保养,族母的托答。"

博尔兀找到了栾缇海牙,海牙派了一骑雄蜥领着博尔兀沿途吆喝盘问,很快便在太阳落下的方向见到了栾缇哥那的身影,她正伙同几个军头在会谈,方阔的蜥蜴头颅朝向夕阳。一名军头望向博尔兀这边,偏着头说道:"栾缇哥那,你的托答来了。”

“博尔兀？”栾缇哥那连忙掉转头,扯开嗓子喊道,“我还正要上紫鲷部的扎营海域去找你呢！快提起你的弯刀,领着你族里的姊妹们跟我一同向北追击吧,我才从这些新奴隶的口里知道,咱们错失了个大好机会哪！”

“栾缇哥那,我有件……”

“快些儿,这事十分要紧,现在再不去就来不及了。今天早晨旗勒忽兰知道黄颔部势必灭亡之后,就像只被放进滚水的爪虾那样紧张地把从其他部族借来的一组海刃,用四十二匹蛟龙拉着向北逃了。再不追,她们进了洋流咱们可就甭想截击到了。你要不要……你怎么啦？是不是有什么要紧事儿？你先说。”

“嗯,有件事情得请你帮个忙。我在追查一只狡诈阴毒的‘芋螺’,她可能潜伏在归附你们的族民当中,因此……”在博尔兀简明扼要地告知缘由之后,栾缇哥那毫不犹豫地点头:“托答,这事你放心！巴索额,你去告诉我的长妹栾缇海牙,让她盘查这些黄颔部的臭奴隶里头是否有个叫阔出台的混蛋,有的话就捉起来,反抗的话就一刀砍了！明白吗？”

“知道了,族母。”带领博尔兀前来的雄歌瓦领命离去。

“博尔兀托答,我知道你这事儿很要紧,这个欺侮、奴役你陆上朋友的贼蜥儿的确该死,但海刃的事情,与这件事相比却如风暴来临一般迫切。你我的联军至少还需要一副海刃,这是苍生海给咱们的好机会,不能让它轻易从网里溜掉。"栾缇哥那顿了顿,继续说道,"追缉那个阔什么的贼蜥的事情交给咱们的姊妹属下们去办吧。想在海洋上称雌,想面对蓝帝汗的其余十二面鱼鳍,咱们最少需要一副海刃,快别犹豫了,领着百名海骑追击吧!"这时,黑鲔部有百余名海骑早已备妥弓箭弯刀,在军头的带领下来到栾缇哥那近处。

博尔兀望着栾缇哥那仿佛燃烧着火焰的橘红眼珠,眨了几次下眼皮,便颔首说道:"好!大事为重,我同你去追截海刃,你们黑鲔部先动身,我回去征集精兵后会像剑旗鱼似的追上你们。咱们以五声响箭为信,记得请巫医带着鹏鸟同行。"

"就这么说定了!博尔兀,我黑鲔部摆尾先游了!"

"我即刻就赶上!"博尔兀回到紫鲷部营地,找来了额图真与鱿勒,将追击的事同她们说了。

"……因此我要带领百名精兵,即刻同我去追截那组海刃,而这儿的事就要麻烦你们了……"话还没说完,额图真一听见"海刃"这个词,精神猛然一振,浑圆的酒红色额头就凑了上来,急切地说道:"海刃?……对!咱们的确需要一副海刃,方能应付今后更加激烈的挑战。"她想了想,抠着下颚的细鳞思索道,"说到这儿,我又想起了皇鲟单汗时代,为了我专门打造的那副海刃……只可惜,当年蓝帝汗夜袭得逞的时候,它连同人类造的五桅大船一同沉入了海底。当年,我丹顶额图真的海刃在敌阵中穿梭,从不畏惧敌方海刃的挑战,名号可响亮呢!还有……"

"额图真，博尔兀这事挺紧急的，让她去吧。"鱿勒冷不防地插入一句话，硬生生把额图真的回忆给打断了。

"这……没错，博尔兀，海刃的事要紧，你快去吧！收编这些部众的小事交给我和鱿勒就行了。"额图真说。

"是只交给你，不是'我们'。额图真，这种攸关部族统治的事儿，我这闲散的浪客可管不来。"鱿勒再度插嘴，悠然地擦拭着手中的弯刀，然后双腿一夹，就要让胯下的蛟龙摆尾游开。

"是啊，额图真，这事情只有你做得来，而且我还得麻烦你办件事儿。"

"什么事儿？"

"我们这趟追击不知何时才能归返，或许明日即回来，或许得花上两三天。但我担心黄颔部被灭族的消息传了出去后，近处海域有蓝帝汗的其他十二个部族赶来，那可就不好了。因此我想你们收编完之后，立刻领着这批新族民回到咱们过冬的那个海域，回去会合后先别跟着其他部族北游度夏，今年，咱们紫鲷部就留在那里避避风头吧。"

"哦，有道理！博尔兀，就这么办。那咱们就不等你回来了，直接相约在白葡萄岛北端的海域老营相见！"

"嗯，还有一件事儿，"博尔兀说道，"我方才没想到通知栾缇哥那离开这里，所以麻烦你派使者去黑鲔部那里，把我的忧虑告诉栾缇哥那的长妹栾缇海牙。"

"黑鲔部……栾缇海牙……"额图真不自然地抠着颅顶鳞片，别开头望着海面答道，"依我看，即使去说了，栾缇海牙也不能做主吧！况且，你的那位好托答自幼遭逢变故，多年来九死一生，再大的凶险危难都能撑过去，她肯定早已料及这样的情况，我想黑鲔部应该也知道……"说到这里，额图真突然拍着自己的大腿叫道，"啊，我都忘了，博尔兀，你应该快去追击呀！追不到海刃，咱们还得使劲儿去掠夺财宝才有法子叫陆地国家帮咱们打造呢！我这就帮你传令下去！"说罢，额图真拿起悬在腰间的直角石号角，鼓足气吹出长声。当水面上的大多数战士都偏过头来的时候，她那浑厚的嗓音已经在海面上扩散开来："博尔兀族母要征集讨伐队伍，往北去追歼黄颌部骨头上的肉渣。每个军头指派三名海骑一名鱿骑，无论雄雌，备妥弓箭弯刀，即刻集结，迟到者斩！"

额图真的号令一出，海面上的喧闹不断，没多长时间便有许多歌瓦骑着蛟龙前来会合。博尔兀看着额图真咆哮着在发号施令的情景，眼角闪过一丝不快，接着她又想起了什么，忙骑着蛟龙翡翠离开集结的那块海域。

"青鳞，费柴！"在纷乱的海骑交错中，博尔兀总算搜寻到她的三个陆地朋友的身影。她来到他们的身边，说道，"我有急事得出击了，碍于时间紧迫，我没法详说缘由，我不在的这段时间，紫云会保护你们，有什么需要尽管跟她说。今晚，你们跟着我的部众族民们一起迁徙，我们会在西方的海域再相会，如果……"博尔兀顿了顿，继续说道，"如果你们对海上的生活厌倦了，就让紫云告诉鱿勒，鱿勒会想办法送你们到想去的陆地。但如果可能的话，最好等我回来。抱歉了，青鳞、费柴、察理，但……"博尔兀望着几乎集结完毕的紫鲷部将士，"我必须离开了。"博尔兀咧着嘴边的唇鳞，无言地笑笑，再对他们三个点点头，便返身前往军阵之中，从近侍手中接过棘鳞枪。"出发吧！咱们要去抢夺海刃！驾！"博尔兀挺着棘鳞枪朝北指去，于是百余名游猎民便跟着她掀起浪花泡沫，像海豚奔涌般迅速离去……

"博尔兀……"青鳞幽幽地望着博尔兀离去的背影，久久说不出一句话。

"你是不是觉得，博尔兀变了？"这时费柴的声音从他的耳旁传来，"我觉得，她不是优格梭里那个贪玩的博尔兀了。"青鳞并没有回答，看着费柴的双眼，下眼皮不停地眨呀眨的，费柴被盯得有些发窘，于是转过头去问，"你的感觉呢，察理？"

"嗯……我……我不知道。"察理搔着人类特有的头发，抿着嘴唇思索道，"我觉得，博尔兀还是博尔兀，只是，海洋的生活让她的心灵彻底变了。"

"我……"几经酝酿，青鳞终于张开了嘴巴，尖细的嗓音却不再充满灵气，反而带着一丝颓丧与落寞，"察理，费柴……我……我讨厌这个海洋，我想回家。"

"回家……"察理无言地与费柴对望，他们也都望着北方的海洋，长长地叹了口气……

傍晚，紫鲷、黑鲔两部瓜分黄颔部的行动还在进行着，直到太阳落下，海面上点起了火把，整编的工作才告一段落。丹顶额图真将一条鞭子卷在手里，大声喝令着开拔前进。

新归附的雌歌瓦多半骑在蛟龙背上。她们一手勒缰绳，另一手则借着绳索牵引着其余的蛟龙牲口；在这些蛟龙的颈子上还拴着更粗的绳子，从海面上直往水面下延伸，拴着几条巨鱿鱼头部的青铜勒环；而在这些青铜环上还绑着更多系绳，拖曳着位于更后方的一只巨大半圆顶——海穹庐，在海穹庐里头的则是她们的丈夫与小蜥。用这种方法，蛟龙、巨鱿鱼乃至海穹庐这些家当全都有规律地被串联或并联，这就是海洋游猎民的迁徙方式。

海穹庐的周围，有提着渔叉的海兵和由巨鱿鱼拖动的鱿骑穿梭着。水面上的归附者之间，也往往不乏提刀带弓的海骑举着火炬监视。而在更外围，还有保持高度警戒的海骑巡航着。武器交出去了，这些黄颌部的残众也失去了抵抗的能力，额图真这样的安排方式，使她们只能乖乖地按额图真的命令前进。

"快些游吧，接下来可没有洋流能让你们偷懒的。"额图真对着身边的战士朗声道，"比起出征时轻便迅捷得宛如梭鱼，咱们现在的这副模样简直像只绿蠵龟艰辛地在沙滩上移动啊。"

"是啊，吃饱了撑着可不好受呢！"她身边的一名军头答道，"咱们这回吃了黄颌部这么多个族民，可实在是吃得太饱了！哈哈哈……"双方都开怀大笑了起来，这个胜利的夜晚虽没法子举办宴会狂欢，却依旧让她们感到快意。

"额图真。"这时，后头传来了一阵不疾不徐的声音，鱿勒策着蛟龙上前指着右后方说道，"瞧那儿。"额图真看见该处海面上的点点火光，缓缓闪烁、移动着，于是回过头对鱿勒说道："黑鲔部也终于有动作了，她们还不笨嘛。"

"你这老雌蜥的心眼儿哪，可是比海底还要深！要是我们走了，而黑鲔部留在原处，恰好又有蓝帝汗的爪牙部族闻风赶来，那可真有得瞧了。"鱿勒指着额图真的蜥蜴头颅，说道，"这样子既消灭了黄颔部，茁壮了自己，还能顺道削弱黑鲔部的力量，你肚子里的诡计，恐怕比章鱼的墨汁还要黑呀。栾缇哥那迟早要成为博尔兀发展最大的阻碍与羁绊，你下午一听到这个消息，就打定主意要这样干了吧？"

"哈哈，鱿勒啊鱿勒，咱们认识这么多年，虽然你对我的个性了解得这么透彻，但对于我这颗脑袋里所策划的这些计谋，却还是了解得不够深哪！"额图真放声大笑，接着说道，"你说得没错，迟早有一天，栾缇哥那会成为博尔兀称汗时最大的阻碍与羁绊，这点我的看法与你相同。不过，接下来的你可就想错了，要与栾缇哥那决裂，时候还早。虽然现在好不容易才联手吞并了黄颔部，但是蓝帝汗随便伸伸指爪，都足以驱使她身边的印鱼们前来粉碎反对者。现在栾缇哥那要是死了或是没了力量，对咱们可不是好事。就蓝帝汗而言，对付一条小虾虎总比同时捏死两尾鳗苗容易得多，不是吗？"

"嗯，的确如此，接下来呢？"

"所以,就让咱们这只裹着紫鲷鱼皮的角鲸和那尾耀眼夺目的黑鲔鱼继续合作好了,我们一起茁壮成长的话,至少蓝帝汗首先注意到的,是那明目张胆的栾缇哥那,而不会是博尔兀。"

"你的心眼还真是藏在寻常歌瓦看不到的地方哪!"鱿勒从容地笑笑,"倘使如此,你又为何不想派使者通知黑鲔部呢?"

"嘿,我只能说,栾缇哥那果然没让我失望。"额图真抠着唇鳞说道,"正如我所说的,这黑鲔部的残众不知在死亡边缘挣扎过多少次了,怎么可能忽略这种致命关键呢?"

"……嗯,有道理。"

"况且,其实博尔兀想得并不深,咱们联军这样一分为二,其实也不算妥当,你怎么能保证,先离开的不会恰好碰上蓝帝汗的其余爪牙,而滞留在原处的一定会被攻击呢?我早就打探好了,这附近根本没有蓝帝汗麾下的其余部族,否则依我额图真谨慎的个性,又岂会允许大军轻率出击呢?"额图真自豪地摇着下颚,继续自夸道,"我这么做的目的,其实很单纯,你想得太多反而猜不透,鱿勒。"

"那我这个自由自在的浪客,也只好听听你是怎么个单纯法了。"鱿勒轻笑着反问。

"其实真的很简单,你瞧黑鲔部的行动就知道了。"额图真指着远处的火光说道,"我只想试试黑鲔部的诚意到底在哪里。为了往后化友为敌着想,我也是很不忍心地在紫鲷部与黑鲔部的信赖之间,轻轻划上这么一刀啊!这样即使博尔兀跟她的好托答感情再好,双方也终究免不了要被身边的声音和建议给蒙蔽了。"

"你还是一样坏呀,比起当年有过之而无不及呢。要是博尔兀知道你是这么想的话,她可是会很伤心的。"鱿勒苦笑着,却也说出了肺腑之言。

"哈哈,毕竟我可曾经是皇鲟单汗身边的第一猛将啊!"额图真很快就收起了笑容,"倒是博尔兀,虽然她临时决定要同黑鲔部一起去追截海刃,从而给了我划刀的机会,但我也很担心,就算她们真的把海刃抢了回来,两个部族又怎么分配一组海刃呢?"

"这就得看博尔兀与栾缇哥那的友情是怎么一回事了。"鱿勒叹道。

"嘿嘿,我也很想看看她们的友情到底有多坚固呢。"

"额图真,你的心真的比海底还深。"鱿勒略显不满地说罢,自顾自策着蛟龙离开了。

额图真笑了,在这个胜利的夜晚,她开怀地笑了。

第四节
追星逐月

夜里没有满月,两弧弦月像弯刀挂在天上。博尔兀跨在蛟龙颈上,仰望着夜空,即使火光把夜影染上褐红,但最明亮的那几颗星,却依旧绽放着耀眼的光芒。

"星空啊，星空。"博尔兀自叹着。左右两条缰绳握在她爪掌当中，连接着水面底下环在蛟龙下颚的辔环。博尔兀并未紧勒缰绳，只是夹紧双腿，用长尾巴不住拍打蛟龙背上的棘刺，便足以指挥这匹名为翡翠的绿背蛟龙摆尾奔泳。

她的小腿整截浸入水面下，脚趾抓着从鞍上垂入水中的骑蹬。海水不断从小腿边流过，比起刚入夜的时候已经开始逐渐转冷了，这让博尔兀确切感受到自己正向北追击着。

她们所追击的目标是海刃——装在一艘轭着四十二匹蛟龙的船上，约有三个成年雌蜥的尾巴接在一起那么高。然而即使是人类打造的昂贵的大船，要在这茫茫汪洋之中寻找到它的踪影，也并不比在深海里捞针容易。

可惜，俘虏的黄颔部族民里也没有熟悉这组海刃气味的巫医，因此也不能借由鹏鸟进行追踪。博尔兀猜测，那组海刃正朝北、向着洋流的方向离去。海刃离去的时间越久，能够成功拦截的可能性就越小。蛟龙的尾巴扫过海水，卷起了几道小漩涡之后，就什么也没剩下了，海洋上不会留下脚步，也没有炊烟，游猎民追逐敌军，缺乏类似鲨鱼能在汪洋中嗅到一滴血的本领。现在，博尔兀总算能体会早年在陆地上学过的人类俗谚"船过水无痕"的含义了。

博尔兀只有让海骑们尽量拉开间距,朝着洋流的方向直线前进,但这仅是臆测,说不定那艘船根本就朝着其他方向去了。

也罢,就这么继续下去,直到看见洋流吧!

海面下让巨鱿鱼拖着的鱿骑们,也到海面上来与骑蛟龙的伙伴换班好几次了,疾行已让紫鲷部的精锐们逐渐疲劳。博尔兀知道继续下去不是办法,对于是否能顺利与栾缇哥那会合,她也没有十足把握,于是她暗自做好打算,假使抵达洋流却还追不上那艘船,那么就返航吧!

同样向北行,同样的茫然,这让博尔兀忆起了当年前往北极的浪客之旅——那段陆地上的艰辛岁月。北地巡狩团成员的脸孔已经模糊,只有云杉国那位老主教的神情清晰依旧。巴伐洛夫要她在苍狼星与极北星之间作一抉择的情景,至今还深深烙印在她心中。

一想到此,博尔兀不禁仰头望向苍狼星,这颗游猎民口里的鲔宿二,即使在有月光的夜里,也依旧明亮,散发着全夜空最耀眼的灿烂光芒。

"没想到,我终究还是要成为一颗闪亮的明星。"她想起这五年来的过往,想起了她迅速蹿升至族母位置的这段往事。是啊!她已经从苍生海手里取回了命运,成为浪客了,就应该把握这个来之不易的机会,好好地决定自己的命运!她想着一路至今的辉煌,嘴角的唇鳞不禁微微地上扬,放任胯下的翡翠继续奔驰……

沿途偶然碰见一艘离岸远航的五桅帆船，正在某些游猎民部族的护卫下，笨拙地在星夜下缓航着。博尔兀上前盘问，却意外地从褐鳞部游猎民的口里听到了令大伙儿振奋的消息。

"紫鲷部的姊妹啊，这是我今儿个第二次遇上这个问题了。"长着满口臭牙的游猎民护卫，慵懒地托着充满赘肉的下颚，指向东北方说道，"不久前，有一批瘦巴巴的黑鲔部军队也在问这件事儿，那是不是你们要找的那艘船我不清楚，不过傍晚时我的确见过一艘没有竖着帆的船，却游得比咱们身后这艘撑满夕阳、大风的人类帆船还快上许多，八成是让蛟龙或是巨鱿鱼拖着才游得那么快。"

"傍晚？那时你们在哪儿？"博尔兀得到栾缇哥那与海刃的消息，连忙追问。

那护卫继续说："她们从我们这艘船前面游过，便朝着东北方直直去了。我差了只雄蜥去试探，却挨了一箭回来。要不是我为了替族里弄些陆地上的食物财宝，帮陆地人造的船当护卫，不能随便动刀搭弓的，我早砍了那些没长眼睛的家伙！"

"好，这位姊妹，你替苍生海给我们带来了要紧消息，改日要再遇上了，必定要好好谢谢你。"

"我只是褐鳞部的一介勇士，姊妹你快走吧，我可不想得罪船主，给自己添麻烦。"护卫听见了背后的声响，忙挥着手要博尔兀离去。

博尔兀顺势仰起脖子,发现在高耸的甲板边缘,一名包着头巾的多兰商旅正睁着那对双瞳仁眼,用四道目光肃穆地凝视着博尔兀与紫鲷部游猎民。那多兰商旅挺着胸膛,把手背在身后,面对凶残的游猎民丝毫不见惧色。多兰商旅的眼神看着褐鳞部护卫,愤怒得好似正咒骂着。或许他怀疑褐鳞部的游猎民,串通其他部族歌瓦想劫掠这艘商船。

在多兰左侧站了个猁卢铬教司祭打扮的歌瓦,正镇定地望着这帮不速之客;在他们身后还有几名多兰与人类,神情紧张地探出头来;除此之外,博尔兀眼角还瞥见有几把十字弓的尖端正悄悄瞄准船外。

"好吧,姊妹,我也不为难你,日后再见!"博尔兀勒着缰绳,左手一挥,向后喊道,"咱们走!"百余海骑于是陆续摆尾朝东进发,一时之间整艘船的周围同时响着浪涛声,不少旅客听见了这声音,趴在甲板上惶恐地注视着。

蛟龙摆了几下尾巴后,博尔兀再度回眸看向甲板上,那多兰商旅还注视着她,十字弓也尚未撤下。博尔兀维持着姿态,一直看着那多兰的脸孔,直到船上的火光再也照不清多兰的脸为止……

逐渐隐没在黑夜里的帆船影子,像极了沧海中的一座孤屿,一幢海上城堡,这又让博尔兀联想起陆地上那些都市的宏伟高耸的建筑。她无言地甩甩头,不明白何以今日自己的思绪始终会向陆上飘。或许,这跟见到三位陆地上来的朋友有些许关联……是啊!的确有所关联,是这三位朋友被俘导致了黄颔部的灭亡,导致了今夜自己在漆黑的洋面上搜寻缥缈的敌踪。这是命运吗？不，命运掌握在自己掌中，一切都有其因果，而不是苍生海所安排好的！

博尔兀下意识地握紧拳头，坚定自己的信念。这五年来，听着巫医虔诚诵文的激昂语调，被游猎民耳濡目染，博尔兀察觉到有些事情的发生，巧合得可怕，就像青鳞这件事情，这让博尔兀仿佛有所领悟；但反过来说，或许那也单纯只是巧合罢了……

就在博尔兀无法得出结论的迷茫之际，位于前方的部众突然大喊道："博尔兀，前方有火炬！"果然，在海平面的尽头，点点红光显示着这群游猎民的数目约有百余众，博尔兀凭直觉喊道："黑鲔部！是栾缇哥那，咱们再加把劲儿，可别让黑鲔部独自夺得了海刃哪！"这句不经意的话竟起了想象不到的激励作用，让紫鲷部因疲惫而萎靡的精神再度振奋起来。在博尔兀带领下，她们急起直追，终于追上黑鲔鱼的尾巴，与栾缇哥那会合。

于是两百余名雌雄海骑，以及水面下的五十余鱿骑，在博尔兀与栾缇哥那的共同带领下继续向前追击。天上的弦月已经过了天顶，博尔兀知道所剩的时间不多了，于是更加快了速度，希望能在洋流之前追上那艘船……又经过一座小屿，这时月影已开始慢慢西沉，按照以往迁徙的经验，洋流就快到了，然而眼前海面上却没有任何船只的踪影。坚持还是放弃的言论开始在追击军中"搏斗"，不时有雌歌瓦上前建议博尔兀与栾缇哥那放弃，但是两位领导者依旧坚持要追到洋流为止。

"哈哈……黄颔部已经被咱们消灭了，你们还担心会遭到伏击吗？扯着缰绳奔驰吧！就当这是一场竞技，不见洋流绝不回头。拉紧缰绳吧！黑鲔部的姊妹们，咱们可不能输给紫鲷部！"栾缇哥那对前来建议的部属狂野地笑着，甚至让蛟龙奔驰得更快些。博尔兀的紫鲷部自然也不甘示弱地使劲加速。尽管她们劳累不堪，但更不愿意在友军面前折了自己的气势。这源自游猎民好胜的天性，如今转化为一股相互激励的意志力，使她们拼了老命也不愿减缓速度。

就在这激烈竞争的当儿，一道凄厉的呼声从左后方蹿出，落在散乱疾行的海骑阵列中。博尔兀见响箭坠入海中，正欲开口，右后方响箭声又起，顿时整个追击军纷纷减缓速度，拔刀搭弓，她们的情绪由亢奋瞬间转为惊恐——海面上何时会打过来一个浪，是谁也说不准的！说不定，现在她们正面临着敌军的陷阱，正如昨夜她们欺瞒黄颌部大军一般……

响箭的声音四起，还有不响的利箭夹在其中一并袭来，加深了她们内心的恐惧。昏暗的海面上，却见不着敌军的踪影。博尔兀担心继续下去将自乱阵脚，说不定还会演变成自相残杀的局面，于是放声大喊："别慌！你们看这些响箭数目不多，便知道敌军没多少，切莫让这区区几支箭影响了你们的镇定！"栾缇哥那也喊道："拿起武器！这几支箭伤不了咱们的，谁要是胆敢转身，我这把弯刀第一个就砍了这胆小如螺的家伙！"追击军不愧是两军精锐，一旦冷静下来，便马上将惶恐逐出脑外，按照经验应对。她们迅速解下平日少用的盾牌举在手上，并有默契地变换阵列，每个歌瓦负责监视一个角落，这样便能判断箭从哪里来。她们保持缄默，因而能够听清楚发射响箭的伏击者与其蛟龙的游向。

假使敌军数目不多，那么只要保持冷静，谁也奈何不了她们。

果然，不久之后，四周的箭声逐渐销声匿迹，海面也恢复了宁静，但博尔兀知道还不能松懈，这很可能仅是下一波攻势的准备。暴风雨来临之前，总是最宁静的。

"哈哈！哈哈哈！"一阵狂妄的笑声突然从正前方传来，这使得追击军的精神又瞬间化作绷紧的弓弦。而就在火炬的余光尽头，二十多名海骑的身影一字排开，缓缓出现在灰暗的海面上，出现在博尔兀的眼帘中。

"哈哈！面对骚动能临危不乱，不愧是能设下昨夜毒计的大军，我这点伎俩与你们满肚子的墨汁、满嘴的毒液相比根本不够看哪！"位于中央的一个影子骑着蛟龙边说边向前，"黑鲔部和紫鲷部的，你们这么拼命地游，就是想抢夺海刃吧？不过很可惜，苍生海还庇护着绿螨部的奇格尔，她们早已进入洋流离开了！想要海刃的话，请自个儿去陆地上弄吧！哈哈哈……"

"你是谁？"追击军的游猎民忍不住叫道，"报上你的名字来！"

"我是谁？哈哈，我是黄颔部的军头，是这场战役、这场祸害的始作俑者——阔出台。我等在这里，就是要与黑鲔部的栾缇哥那决一死战！"黑影子横着一把长矛，无视十来把弓箭同时瞄准着自己，威风凛凛地继续接近追击军，"我阔出台特地在此等她，为的就是要一了六年前的恩怨。"

一听见"阔出台"这个名字，博尔兀猛然惊醒，忙喊道："栾缇哥那，把这贼蜥儿留给我！"

"博尔兀托答，先听听她怎么说吧！毕竟是主动找我决斗的勇士，我好歹得先看清她的模样。驾！"说着，栾缇哥那举着弯刀便迎了前去，指着阔出台喊道，"是哪个不要命的歌瓦主动上来招惹我的弯刀？是你吗？"

"没错，栾缇哥那！我阔出台就是料定你今日必定会追击，才特意在这里等你！六年前我就说过，你没杀了我，日后绝对会后悔的！你出来，咱们决一死战！"阔出台一见栾缇哥那现身，语气也急躁起来。

"慢着，慢着，我同你有什么冤仇？你倒是说来听听！我栾缇哥那从不畏惧流血，但总得先弄明白缘由。"

"好，栾缇哥那，你仔细想想，六年前你只是只浪迹天涯的孤雏，在那个死亡随时威胁你的年头，在白沙岛近郊，你可曾遭到黄颔部的追击？"

"哈哈，你这可把我给弄晕了。我栾缇哥那生平遇敌无数，就像你说的，死亡随时威胁着我的生命，遭遇的战斗数也数不清，又怎么能记得这小小一场冲突呢？"栾缇哥那笑道。

这时博尔兀来到栾缇哥那身旁，说道："我的托答啊，我想起这阔出台的来历了！你可还记得，你将我从蓝帝汗的巫医弩下解救的翌日，咱们再度在海面上相遇，当时，你正与几个黄颔部的游猎民追逐战斗。"

"哦……"栾缇哥那稍加思索，突然对阔出台喊道，"我想起来了，原来是那场小冲突啊，原来你就是我饶过性命的那个歌瓦？我记得要你去告诉旗勒忽兰，别再当蓝帝汗的爪牙。"

"没错！我就是你放过的那个歌瓦，但你错估了一件事情。栾缇哥那！你伤了我却没杀我，是我阔出台一辈子的耻辱，因此我竭尽所能要复仇，你结拜的托答博尔兀的三个陆地朋友，就是因为提到你的名字才会被我抓来。在我的煽风点火下，老迈的旗勒忽兰也想讨好蓝帝汗，才拿他们去威胁紫鲷部砍下你的脑袋！"阔出台继续喊道，"这下子你懂了吧。栾缇哥那，只要我活在这苍生之海上一天，我就永远是你的仇敌，永远是支瞄准你后心的毒箭。你早该在六年前杀了我的，现在，出来与我一决生死吧！"

"哈哈哈……阔出台啊，阔出台，你以为你这么做，我栾缇哥那就会恨你吗？不，我还得感谢你呢！"栾缇哥那又再度放声大笑，"当年放过你，只是不愿再多耗费箭支，没想到你却帮了我这么个大忙！"栾缇哥那转头与博尔兀对望，再回过头来继续说道，"……本来呢，单凭我黑鲔部的军力，恐怕还得等个十年才胆敢奢望吞并黄颔部，不料你却掳走了我托答的三个朋友，还以此要挟她割下我的脑袋，这反而激怒了我的托答，让黑鲔部与紫鲷部结成同盟大军，顺利地消灭了黄颔部。阔出台，你说，这是不是苍生海的旨意？我是不是该好好地感谢你啊？"

"栾缇哥那，你……"阔出台被栾缇哥那这么一说，气得哑口无言。

"阔出台，我告诉你！我栾缇哥那要是与你决斗，那可就违逆了苍生海的意旨，违逆了海洋母亲所见证的友情！恰好，你方才得意扬扬地吹嘘时所提到的博尔兀，就在我身旁，你要决斗，就找她吧！"栾缇哥那满不在乎地拉着缰绳调转蛟龙头，顺道拍了拍博尔兀的肩膀，双方不约而同地颔首。但是博尔兀并未拔出腰间弯刀，而是咬牙切齿地伫立在蛟龙背上，缓缓向前。

"阔出台，你比海底还黑的心肝，比僧帽水母还毒的坏心眼，驱使你掳走了我三个陆地上的朋友，还想借此害我背弃苍生海所见证的友谊。如今，你是要我代替栾缇哥那给你一个痛快，还是要再放你走，让你过几年再弄巧成拙地帮我个大忙？你自己想清楚，哪一种是你想要的！"博尔兀语带讽刺地羞辱着阔出台，她颅颈上的长棘高高竖起，两只眼睛反射着火炬的红光，恶狠狠地瞪着阔出台。

"你……"

"别像只长不大的小蜥儿般的天真，你以为我真会让你选择？你以为我会动刀杀你？不，不会，我答应我的陆地上的朋友不杀你，放心吧！"

这第二句话虽温和了些，但阔出台却仿佛从中听到了更深沉的怒意。只见博尔兀手一招，朗声喝令道："把这贼蜥活捉来！"

紫鲷部顿时蹿出三十多名海骑，朝阔出台狂奔而去。黄颌部剩余的二十多名海骑一哄而散，而阔出台见情势不妙，想转身逃离。未料即刻就被包围，紫鲷部朝着她的蛟龙放箭，受伤的蛟龙惊慌失措地将主子甩下了颈背。接着紫鲷部的海骑一拥而上，水声四溅。不久后，六名海骑以渔网捆着阔出台来到博尔兀和栾缇哥那跟前。

"博尔兀，这贼蜥已经抓到了。"

栾缇哥那转头看看网里阔出台的狼狈模样，问道："博尔兀托答，你打算怎么处置她？"

博尔兀缓缓策着蛟龙来到阔出台身旁，冷眼看了看网中的猎物，而后别过头下令："我说过要饶她一命的，因此不许杀她。割下她的尾巴②，扔到白鲨出没的海域，让她同鲨鱼愉快地追逐嬉戏去。"

"……族母。"紫鲷部族民对这命令有所迟疑，于是博尔兀再度开口："凡是煽动破坏结义之情的不义者，当是如此惩罚。扔到海里去之后，把她的尾巴带回来给我，用来祭苍生海，作为我们友情真正的见证。"

"你……博尔兀……你……放开我，我要和栾缇哥那决斗！栾缇哥那，放开我……"望着阔出台被海骑拖离的背影，听着她歇斯底里的嚎叫声消失在远处，博尔兀颅顶的长棘才垂了下来，深深地吐了一口气。

"博尔兀托答，"栾缇哥那唤道，"我不知道你生起气来，比我还残忍，比暴风雨中的雷霆还要让我害怕。下午我看你几乎没有杀戮与警惕就全然接

----

②在大多数的歌瓦文化当中，尾巴是歌瓦尊严的象征，尾巴里所储藏的能量同时也与歌瓦的生殖息息相关。因此斩尾的酷刑往往同时象征着受刑者在社会上是遭受鄙视的、不洁的，同时斩尾后的歌瓦也往往丧失生殖能力。在海洋上，失去尾巴的歌瓦几乎无法游泳，更无法在海洋上生存。

纳黄颔部的部众,我还为你太过于仁慈而替你担忧呢。"

"……把我的属于陆地上的朋友扯进海洋上的纷争,这是她应得的报应。"

"也罢,或许事情会演变成这样,全是苍生海无形间的酝酿。宽广的海洋上这么多艘船,你的陆上朋友偏偏碰上阔出台,看来苍生海是想借此告诉你什么吧?或者问问族里的巫医们,让他们向沧海万物的神灵询问些什么……"

"不了,栾缇哥那,我已经从苍生海掌中取回了自己的命运,这不是巫医能解释的事情。"博尔兀笑着摇摇头,而后问道,"既然海刃已经追不到了,蓝帝汗不久就会知道这消息,黑鲔部对于往后,有什么打算?"

"我打算先避开一阵子,或许今年夏季就留在热带,不去北边了。你呢,博尔兀?"

"我也有这个打算……啊,对了,我差点忘了告诉你,我前来时要军队率着新归附的部众尽快离开黄颔部的扎营海域,免得附近有蓝帝汗的爪牙威胁,你黑鲔部的军队……"

"放心吧,博尔兀,我栾缇哥那从小在战祸和死亡的边缘长大,这点事情自然早有照料,你不必挂心。咱们今夜便得分为两群,往后可要保持联系,偶尔让巫医的鹏鸟飞来几次吧!"

"嗯,我会的,咱们的盟约还在呢!"博尔兀笑道,"或许下次见面的时候,你我的部族都已各自拥有一组海刃了。"

"哈哈,一组海刃哪!这不是个容易实现的目标,不过……好,就冲着托答你这句话,我栾缇哥那拼着老命也会弄来一组的。你们紫鲷部也得加把劲儿啊!"

"那么就一言为定喽,愿你黑鲔部天天有鲜鱼可吃,有椰子酒可饮。"

"好!就让天边的候鸟替紫鲷部领航,让蓝帝汗的爪牙找不到紫鲷鱼所栖息的港湾,咱们就此别过了,博尔兀托答。"

"嗯,再会,栾缇哥那。"

方额阔颅的栾缇哥那领着黑鲔部的海骑离开了,博尔兀则让大伙儿留在蛟龙背上歇息,直到远离的六名海骑拿着阔出台的串在长矛尖端的长尾巴回到这个海域为止。

博尔兀漠然地接过了这条尾巴,嘉奖了海骑们,然后率领着这批累坏了的追击军缓缓地向约定的扎营地返航。归途充满宁静,大伙儿都不愿再开口说话,现在单是要求她们睁着下眼皮不阖上,已是一项艰难的事情了。

这时已有一弦弯月沉入海平面下,东方的天空开始由黑转蓝。博尔兀望着阔出台的长尾巴,除了弯刀斩击过的断面外,其上还多了好几道伤口,想必她进行了激烈的抵抗。

不知怎的,博尔兀的瞳孔突然一缩,再看向这条仇敌的尾巴时,她的神情既有些嫌恶又带些内疚,她叹了口气,好几次想把这柄长矛扔入海里,但每每接近海面，却又将手缩了回来。

最后，她终于下定决心，仰望着天，把这柄长矛连同阔出台的尾巴垂直地浸入海面下……

天亮后她们路过一座小屿，全都上岸大睡一觉，养足精神才又出发，沿途就地捉鱼采食，过着风餐露宿的慵懒生活，或睡在蛟龙颈上，或趴在沙滩上。她们借着不疾不徐的缓泳谈笑着、打闹着，等到战争的阴影带给他们心灵的压迫逐渐减轻的时候，久违的那座岛屿也出现在眼前。

天上是一片晴空，海面下却泛着一片灰白，那是海穹庐的颜色。

"我们到了，老营到了！"大伙儿这么说着。

博尔兀低头算算，比起挥军出征之时，水下蒙白的面积增加了不少。虽然她带领的追击军轻装迅捷，但回程时并未刻意兼程，而额图真所指挥的大军与新归降的族民们，则由于担心遭到敌部突袭而在收编的当晚启程，整个聚落迁徙，自不能快过海骑蛟龙，但终于赶在追击军回来之前返抵老营。

几名戒哨海骑嚷嚷着游向这里，在她们欢呼的同时，博尔兀也感到心头一松，出征以来不断蓄积着的疲劳和压力，全都在顷刻间被释放了，解除了……

"是啊，我们到了。"博尔兀笑了，她开心地笑了。

第四章

苍生之海

　　2098 年深冬的一夜，天顶上最大的黄月满盈，其余三个月亮也将近月圆。我从床上被渔工们拍醒，帕斯卡尔满脸惊喜地冲我叫嚷着，他的神情好似着了魔似的那般狂喜。

　　我揉着惺忪的睡眼，用手压制着翻腾的胃，竭力抗拒着晕眩，蹒跚尾随着狂叫狂跳的帕斯卡尔和渔民们来到甲板上。

　　我把双手撑在船舷，忍不住探出头去再呕些东西出来——或许连胃酸也没剩下了。没想到当我伸颈向外一望，却发现外头闪烁着我无法想象的碧蓝色荧光，那些荧光犹如闪电般不断闪烁着，弥漫在应该是漆黑的海面上。

　　只听得身旁的渔工不断吆喝着，扬起机械臂收起渔网，未料到渔网里也是一片震慑人心的霹雳雷霆，那颤动着的魔幻蓝光比计算机动画的特效还更加不可思议，让我几乎忘了自己身处何方。这时渔工猛拉操作杆，满网青蓝顿时洒在甲板上，不断蠕动着、跳跃着，淹没我穿着雨鞋的脚掌，让我几乎有触电的错觉。

我蹲下身子仔细端详，才发现这四处游走的荧光，竟然是一大群巴掌大的乌贼发出来的。这时一个歌瓦渔工靠过来，一铲子一铲子把乌贼铲入甲板中央的冰柜，操着游猎民口音对我说道："这些荧烛乌贼总在每年的今夜从深海上浮到海面，举行盛大的婚礼，生孩子。古时候我的游猎民祖先们年年到这海域捕捉这种乌贼充作海穹庐边的照明，时代不同了，现在这些乌贼是上等的渔获，可以卖到好价钱……"

——亨利·古尔雷《渔工与海洋民族的黄昏》

第一节
归潮

隔着充满弹性的半透明壁往上仰望，太阳恰巧攀升到天顶的位置，一团模糊、灿烂却不怎么炽热的光悬在头顶。夏季正午在海穹庐里看太阳，总容易产生窒息的错觉，即使壁面上的藻类不断交替释放着清新的空气。

"怎么样？好些了没？还疼不疼呀？"

海穹庐中央的环形出入口液面就在眼前不远，像座平缓的火山矗立在海穹庐中央。一名披着蓝鳞的雄歌瓦把手肘靠在出入口,斜倚着身子,蜥蜴头颅轻轻地向左望。他的下颌微微突出着鲜橘色的肉垂,十分好看。他头顶的长棘不自觉地缓缓竖起,然后又轻轻放下来,不断重复着。他伸出细致的爪尖,探向左方另一名歌瓦的手掌。

指尖所触是一名身披褐色鳞片的雌歌瓦,她的身形略高,胸腔十分厚实,颅颈上并未竖着长棘,而是几排短短的鬣与疣;略钝的吻端与宽厚的下颚使她的头颅呈现出短梭形。

"嘶……"雌歌瓦的身子剧烈一震,称不上狰狞的面目现在却咧着两列唇鳞,露出底下交互咬合的两排锐齿;吻端的鼻孔大声地吸了口气,就连折叠在眼眶下方的下眼皮这会儿也都阖上来盖住眼珠子,浑身鳞片颤动着,神情很是痛苦。

她不断眨着下眼皮,右手手指忙握住左手掌心,这阵痛楚显然很是剧烈,因为右手的指爪已深深地嵌入左掌中,而左手食指所在的位置,现在却糊着一层海草与贝屑的混合黏液,底下隐然透着红褐色。这个突如其来的动作显然也吓着了蓝鳞雄蜥,他身子跟着一缩,断断续续、支支吾吾地说道:"抱歉……费柴……我不知道伤口还……抱歉……"尖细的声音里满是歉意,他试图上前靠近费柴,"你还好吧?"费柴握着左掌,气急败坏地大喝:"别碰我!很痛你知不知道?哪有歌瓦是这样探视伤口的啊!"说罢张着琥珀色的双眼瞪着青鳞。

"我是好心……"青鳞被这么一呵斥，颅颈上的长棘也瞬间竖起来，却又很快垂下来，既委屈、又恼怒地默不作声。

"你还真好心哪！"

面对这突如其来的争执，隔着出入口，在两名歌瓦对面，始终沉默不语的异类——一个男人皱了皱眉头，无言地叹了口气。他仅沿腰裹着布匹，许久未曾梳理的浓密胡须从两腮延伸到下巴，一头卷发几乎要盖住耳朵和眼睛，浑身上下看不出半点商旅的模样。

他双眼定焦于中央的圆形出入口，那水面就像块偶尔泛着涟漪的剔透水晶，放眼望去，一块锚石四平八稳地由藤绳系着，里头的小篓还关着几只好动又羞怯的荧烛乌贼。

这些水中生物多有趣啊！以往搭着商船的时候，只能靠在船舷甲板俯瞰海面，察理还记着初次面对一望无际的辽阔蓝洋时，内心的那股感动，偶尔看到海豚跃身起浪，就兴奋得差点掉出眼泪来。对他这个陆地商人而言，海洋曾经仅是这样壮阔却单调的景象。

但一场恩怨引起的战争改变了这一切，也改变了察理对海的印象。尽管在黄颌部时被痛殴以及时常缺乏淡水的那段煎熬，依旧常在梦中惊扰着他的灵魂，但紫鲷部游猎民却十分礼遇他们，迁徙之旅中，名唤紫云的年轻雌蜥更常常带着他们三个到处游历。

第一次潜水，当他被脱去衣衫灌了几口苦咸海水，承受着憋气的不适应勉强睁开眼时，他简直不敢相信自己的眼睛，热带海洋的水面下竟是一处不可思议的美丽仙境。在那个被称为珊瑚礁的海中城市，琳琅满目、争奇斗艳的各种热带鱼类穿游各处，仿佛是这座繁复宫殿里的居民；某条海蛇有着黑白相间的斑纹，温暾慵懒地从他们眼前摇头晃脑而过；划着桨肢的海龟，就像个灵活的、戴盔甲的战士不断在战场上奔驰着；而随海潮摇曳漂流的管虫，犹如难得一见的野花，绽放着夺目光彩。

察理看见游猎民驱赶着蛟龙群到特定海域，长达两三匹马的蛟龙使用那如锥的锐利下颌骨突，撞碎海底爬行的菊石身上的重壳，连碎壳一并嚼食时所发出的"咔咔"巨响就这么传进他的耳膜。某个满潮的夜，紫云带着他去看珊瑚产卵，却在汪洋中目睹了一场美妙轻柔的大雪……身为陆地居民，身为一个人类，这些崭新体验全然改变了察理对海洋的认知。或许他忘不了游猎民加诸他身上的痛苦，但这四十多天的美妙经验更令他无法忘怀。假如不是前天发生的那件事情，说不定到现在他们依旧沉浸在那种不可言喻的快乐当中。

一想到这里，察理不由得抬起头，又看了看对面。费柴的眼珠子里看不到神采，愁容满面地望着自己的手掌；而青鳞想安慰费柴，却也不知道该如何开口，除非费柴自己能想开，否则没有其他的办法能打破这种沉闷的气氛。

"我……"过了许久，费柴才又无神地凝视正前方，喃喃启齿道，"我想回到陆地上,回到优格梭里,我想回家。"跟着游猎民一同迁徙游玩的时光或许曾让他们快乐得遗忘了故乡,但受了伤之后,对将来的未知和不安很快唤起了费柴的思乡之情。

想着当初趾高气扬地外出,想着被俘虏后的种种际遇,费柴再也压抑不住自己的情绪。失去肢体不仅带给肉体痛苦,更不断刺激着她的心灵、击打着她的意志,她就像只斗败了而缩着鳍条的鲷鱼,拼命想躲回藏身的巢穴,回到舒适又安全的陆上故乡。

"我想回家,好久没有喝过山林里清凉的甜泉,好久没摸着田埂里的禾叶,听着树梢的知更鸟啼鸣;优格梭里精致的石子街道,精巧的拱桥和尖顶房舍,哪怕是家族里的大嬷嬷总逼着我们拿锤子在火炉旁一蹲就是一个下午,也好过现在这种不安定的生活……"费柴继续叹道,故乡的影子清晰地浮现,就连她最厌恶的苦差事,在浓烈的乡愁调佐下,也都成了杯幸福的美酒。

青鳞与察理望着费柴,欲言又止。

他们又何尝不想回家呢?可是他们心知肚明,紫鲷部现在正处在海洋的另一侧,紫云曾说过,今年她们为了躲避敌族,大概是不会到瓦尔大陆那侧的沿海去了。

或许,索性登上西方的大陆,再从那里找寻横跃海洋到东边的船只是个方法,但他们身无分文,察理仅有的货物都留在春天的帆船上。即使紫云她们愿意帮忙，但西方大陆的国家见着了由海盗——游猎民护送靠岸的他们，会不会起疑心？又愿不愿意伸出双手接纳他们？还是干脆以弓箭来招待他们？

青鳞不知道，费柴不知道，就算是商旅出身的察理也没有十足的把握。日正当午，他们却感到前方一片黑暗，海穹庐里湿热难耐，寒意却袭遍了浑身上下……

这时察理注意到几个影子正向这里游来，为首一个颅颈上留着马鬃般的鬣，浑身鳞片上隐隐透出紫色光芒，正是紫云。紫云身后还有一名歌瓦，阳光透过海水照在她身上，波光映着黄绿相间的鳞片颜色，颅颈上竖着许多剑棱状长棘，眼珠子犹如两枚深紫色水晶。

紫云与黄鳞歌瓦先后向下潜去，再钻向海穹庐中央的出入口。青鳞与费柴也见到了这幅情景，蜥蜴颅面上的阴霾顿时一扫而光，瞪大眼睛轻喊：“博尔兀！”

紫云带着一身水花攀进了海穹庐，就在出入口的镜面还起伏着水波与白沫的同时，一颗披满稻橙色鳞片的蜥蜴头颅跟着从中央水面冒出，坚定而温和的声音从布满尖牙的上下颌中发了出来，紫眼珠闪烁着光芒朝海穹庐里瞧了又瞧：“在海鸥双翼的引领下，我从混乱的海潮里嗅到了这个湾岸的气息，回来了。”

青鳞等咧着嘴却笑不出声音来，只因他们眼里充满着无限欢欣。

博尔兀双手撑着边缘挺起上半身，挟带着的海水像瀑布一样沿着健壮的身躯流回出入口，她一只脚跨入海穹庐，一只脚还留在水中时，忙说道："费柴，你手指的事儿紫云跟我说了，要不要紧？让我看看吧。"

"博尔兀……"博尔兀在费柴眼里显得容光焕发，好比是午时天顶上的灿烂太阳，豪迈英雌的形象恐怕也莫过如此。热情驱走了费柴的畏惧，心中的感伤虽还在，却一点一滴地消逝着。望着博尔兀恳切的神情，费柴心头一宽，坦然自若地递出左掌："我想没事了，虽然很痛，没了食指日后也铁定不方便，但现在懊悔也来不及了，只能怪我贪玩……"

"是吗？最好是这样啦，不知道谁方才还握着左手掌，垂丧着尾巴，好像冥神'眼镜蛇'张着四只手，拿着装毒液的瓶子找上门来。怎么这会儿见着博尔兀，就没事了呢？"青鳞可不愿意放过这个机会，尖细的嗓音讽刺着。

"青鳞，你……你这……"费柴一时哑口无言，眼眶边的细鳞不时鼓动着，只能腼腆地苦笑着。

"嘿，我说青鳞，这么久不见，你的嘴巴还是一样得理不饶情哪，想必现在还是没有谁家的雌蜥愿意赘你回家替她看小蜥吧？"

"哼！我倒想看看谁家的雌蜥胆敢拔我一片鳞片的。我才不愿就这么赘给那些自以为是的雌蜥呢！"青鳞凭直觉回了嘴，后来凝神又想了想，不由得又轻竖长棘喊道："博尔兀，你是嫌鳞片太牢固想让我刮几片下来是吧？我青鳞可是……"

斗嘴到了此刻，博尔兀和青鳞不约而同地发现，她们竟是用当年那种死党玩伴的口气相互嬉闹着，那说话的语气、毫无正经的内容，简直与当年在优格梭里城郊四处游荡的那群孩童一模一样。先前初逢的生疏不再有，取而代之的是失而复得的默契以及这段曾经熟悉的友谊。

"……费柴，咬掉你手指头的鱼，是不是模样十分可爱，两只大眼睛灵活地四处转动张望，教你看了就想一把抱住？"

"嗯，那是前天在珊瑚礁玩时看到的，那鱼浑身上下好像没有鳞片，圆滚滚的身体上长着两只大眼珠子，就像个刚出生的蜥婴，身上的鳍不多也不大。它摆动两扇小小的胸鳍在水中推进，尾巴则好像船舵掌管着方向，却不能像其他鱼那样拍水前进。我看它长得一副无辜可爱的模样，又游得慢，就想捉来玩玩。才刚要伸手抓它，这鱼却将身体撑得更圆更大，我便更想抓来玩玩。没想到，我一抱住它，不知怎的食指恰好塞进它的嘴里，接着指间一痛，整个食指就让它咬走了……连骨头都不剩……"

"嗯，这种鱼叫作河豚，咱们游猎民通常是不去招惹它们的，它们虽生得可爱，嘴里的几颗牙齿却像钳剪，比弯刀还锋利，就连坚硬的螺壳也能够咬个粉碎。我族里也有几个小蜥儿被河豚咬去了几节手指，下次碰着了，你可千万要注意啊……"

"下次碰着了，我铁定宰了这种面善心恶、如变脸神那样喜好欺诈的坏鱼儿，还要好好地吃一顿河豚肉，才能一消我心头之恨！"费柴望着自己的左掌，恨恨不平地说道。

"这可不行啊，费柴，河豚的肝脏里藏有剧毒，你只要吃下一小口，就会七孔流血，跟着就得把命还给苍生海。这种鱼咱们招惹不起，只有西边大陆某个半岛上的歌瓦偏偏不怕死，就是喜欢吃河豚肉，真搞不清楚她们脑袋瓜里在想什么。"

"'苍生海'？那是……"

"苍生海在咱们海洋游猎民的信仰中，是万物神灵中最伟大的神，是赐予海洋生命的母亲，一切的命运都由她所定……"

"哦？这苍生海还真贪心哪，咱们猢卢锗教的至高神鸟羽蛇也没想过要主宰歌瓦们的命运。"青鳞这时突然插嘴道。

"我还没说完呢，青鳞。"博尔兀和颜悦色地答道，"这是你们陆地民族难以理解的事情。苍生海虽神通广大，但却仍有少数歌瓦能从她掌中取回自己的命运，海洋上称她们为'浪客'，意思是犹如海浪一样自由自在、来去自如的苍生海贵客。"青鳞顿时察觉到，博尔兀言谈中的"我们"、"你们"这些词听来有些刺耳。

"你也是浪客吗，博尔兀？我记得当年你那封信里说要去北极一趟，莫非就是为了成为浪客？"察理问。

"嗯，你猜得不错，商人的脑袋果然比较灵光，我去北极就是为了成为浪客……"这时，博尔兀瞥见远处一名额顶泛着酒红的白鳞歌瓦向此处游来。

她看着额图真接近的身影，眼里的开怀笑意消失了，"哦，我还有几件要紧事情得处理，这样好了，今晚你们都到我的海穹庐里来，咱们啃些美味的鲔鱼肉，喝些椰子酒，好好叙叙旧。届时我请鱿勒伯母也一起来，你们觉得如何？"看着博尔兀突然间严峻起来的神情，青鳞、费柴、察理彼此对望，不约而同地点了点头。

"谢谢。"博尔兀望着这些好友，目光游移在三位好友的额间，最后与青鳞四目相触，她唇鳞微微上扬："谢谢你们。"说完，她回过头，唤着紫云一起离开了。

青鳞望着海穹庐外，丹顶额图真一见到博尔兀的身影，急忙张着双臂舞着十根指爪不知想说些什么。博尔兀比了个少安毋躁的手势，指了指远方，她们便都摆着尾巴游向远处，不一会儿工夫，她们的身影都消失在壮观的海穹庐群落之间。

夜里，在荧烛乌贼如星光般的点点蓝绿荧光照耀下，博尔兀与她的三个陆地好友们尽情地喝酒嬉闹，鱿勒与紫云也受邀前来海穹庐里共进晚餐，她们无所不谈。这段时间里不需要担心阴谋与诡计，猜疑也逐渐消失。鲜甜的龙虾、蟹肉，搭配陆地上摘来的青蔬；透明而清凉解渴的椰子酒，散发着清淡的醇香；盛在用蟹壳制成的杯子，一口就是一杯，十分爽口。

一杯又一杯畅饮着，椰酒虽清澈甘醇，却也十分浓烈。时至午夜，即使歌瓦体质不易醉，她们也都喝得摇头摆尾，浑身酥软无力，在依稀难辨的词语之间一个个沉沉地睡倒。微醺的鱿勒和紫云先后告辞，博尔兀舒服地俯卧着，双手蜷曲在胸旁，迷蒙的紫眼珠望着青鳞、费柴以及早就醉倒了的察理。

她就这么望着沉睡中的陆地好友，直到下眼皮也不知不觉地阖了上来，额间的松果眼所感应的光亮也终于无法阻挡她的睡意，她首次放心地睡着了。

第二节
潮祷

他登高，他伫立，他眺望。

他的颅顶套着一个铜冠，铜冠两侧各自竖着几根信天翁的飞羽，五彩的鸟羽和干鱼鳍从双肩旁延伸突出，捣碎的石莼涂满了他的整个蜥蜴头颅左侧，就连鼻孔也被这褐绿色的东西塞满了。

风飘过他的颅顶，铜冠上突出的羽枝晃动着，肩膀上的羽翼与棘条也晃动着，左手长矛上的几条鲸须制成的缨穗也随风飘荡。

也许没有太多的游猎民记得他的名字，但她们永远记得他的身份地位，永远这么喊他："巫医"。

他们多是战祸中无所依恃的孤幼雄蜥，他们是被苍生海所挑选的、用以教化照顾游猎民的使者。为了能通晓海洋的心灵和意旨，为了能准确地从潮水中嗅出季节与鱼群，为了拥有睿智与灵敏，他们天生注定要承受年幼失亲的悲痛，在年少时到仇族服务，以学习忍耐宽恕，并孤独地终其一生。

他们能号令鹏鸟翱翔于沧海上传递信息，他们能医治痛苦的创伤与疾病，他们能预测天候与鱼群的变化，他们能准确算出母亲腹里革卵的出产时间，他们知悉溯潮、望潮之间太阳和四个月亮的变化规律，他们掌握着一切箴言与禁忌。巫医，就是游猎民的生活依据。

巫医伫立在崖边，闭上眼睛，左手穗矛撑着礁岩，左腿高高抬到右大腿上，靠着单只脚绕着穗矛又唱又跳；右手拿着一个长柄铃鼓，以抽搐似的动作不断挥舞颤抖着，涂着藻泥的嘴里唱出寻不到规则、却又巧妙配合脚步节拍的韵律，吟诵着模糊的箴言。

锵！锵！锵，锵………

在连串跳跃之后，巫医又转了个圈，突然纹丝不动地面向海洋杵着穗矛，右手平举，振响着长柄铃鼓顶端的五个铜铃。铜铃的声响渐弱，闭着眼的巫医凭着仅有的一只鼻孔猛嗅着空气的味道。他吸气、吐气，再深吸、轻吐，不仅仅品尝着风的味道，也感觉着它那看似无序的飘荡方向。

就在铃鼓声全然静止的瞬间，他猛地睁开了双眼，接着把长柄铃鼓朝天空猛抛，左手随即抢起穗矛，趁着铃鼓脱手向上飞升的那个刹那扬空而刺！

"嗤"的一声，矛刃刺穿海豹皮鼓面，多条鲸须缨穗跟着无节律地甩动，巫医连下眼皮也不眨地抬头，右眼怔然凝视着尖刃上的铃鼓。

他解下铃鼓，望着鼓面的裂缝意味深长地瞧了瞧，再"刷"的一声旋转着掷出穗矛。矛轴自旋着,鲸须缨穗在半空中旋转,犹若海葵伸出的触手,捕捉海风的力量,也让矛头坠落的方向不断变动,直到最后落入汪洋当中。

几个游猎民早就等在海面上,其中一名紫鳞片的雌歌瓦连忙拾起穗矛游上岸,双手横捧着献给巫医。巫医拿起了矛,鲸须缨穗上兀自滴落着海水,于是他的手掌接着海水凑近嘴边,轻尝后再用海水抹去左半个头颅的藻泥。巫医最后堵住右鼻孔用力喷气,终于把塞满整个左鼻孔的藻泥给喷掉了,这时他深深地呼吸,再度闭上双眼。

良久,他再度睁开眼,对在身边早已等待多时的游猎民们开口喊道:

"听!我听到了,远处的声音正在颤抖着!迁徙的音律、追逐的震动、杀戮的撞击!尝哪!舌头上海水的味道,数十万种相同的气味,闪闪发光的银色盐巴,迁徙者的味道……不只这些,还有……还有,还有哪!"巫医侧着头,左半边头颅上褐色的鳞片上还残余着浓绿色的藻泥,搭配那战战兢兢的语态,使他的模样显得更加可怖。巫医又大叫了一声,喊道,"漩涡要被弯刀割碎了,被没有鳞片的震碎了,就连羽毛也飘了下来,噢!是啊,是苍生海应允了这个时节的供养,是海水记忆里所蕴含的箴言!"

众族民都把视线投到巫医身上,她们或许参透了巫医话里的含义。那名紫鳞片的歌瓦又问道:"巫医,要派多少个歌瓦去?"她是族母博尔兀的卫士紫云。

巫医缓缓睁开眼,回答道:"水里的泡沫散播着季节的味道,是鲱鱼的气味,来了很大很大的一群。海豹皮铃鼓上的裂缝显示,海洋母亲比我们预期的赐予了更多的鱼群,但收获之后的裂隙却又扩得十分大,就像是从洋岸涌升而起的滋养海流,而今年恰巧是虾年,虾因藻而丰,后头却跟着鱼群,因此在丰收过后,忙碌,或许是免不了的。"

"迎接着丰收,当然会忙碌不堪。"紫云答道,"巫医,我这就回去向博尔兀族母通报。我会给你牵一匹蛟龙过来,让你领着族人去好好弄些鲱鱼作存食。本族今年留在这海域,委实不是那么合适,怕是每隔些日子,就得更换渔场。好啦,没什么比捕鱼更急的事情了,我这就去告诉族母,届时还得劳你施咒保佑哪!"紫云说罢,便迫不及待地纵身从崖边跃入海面。

"等等……紫……"巫医才要开口,眼前只晃过紫影,接着听见海面的水花声。他赶忙踏上前引颈向下望,只见到这片蔚蓝中央漂浮着一圈白色,满满都是浮出的大泡沫,一个歌瓦旋即伴随着泡沫跃出海面,不一会儿工夫,便翻上蛟龙向北方游去了。

"唉,这小雌蜥真莽撞,话只听了一半就慌慌张张地离开了,活像只静不下来的鲨鱼,苍生海的吩咐我还没说完呢……"巫医不满地抱怨着,一面继续抹去了左颊上的藻泥。

他身旁的其他游猎民忙说道:"巫医,你说给咱们听吧,苍生海的旨意我们会告诉族母的……唉,或许告诉额图真也行……"那游猎民叹了叹,继续道,"不过这鳞片亮着紫光的小家伙挺适合战斗的,紫云才不过十七八岁,脸上的卵黄都还没舔干净，可她在水底拴上巨鱿鱼当鱿骑，挺着叉时可厉害得紧，我记得打黄颌部那晚，咱们几百个摸黑夜潜，袭击了黄颌部的水下兵力，紫云当时夺了敌族几只荧烛乌贼，她一手轲着巨鱿鱼操控方向，一手提叉来回巡逻，犹如苍鲨那么敏捷！本族要有副海刃，操手肯定非她莫属……"

"来自海洋母亲的箴言，看来你们是不需要啰？"巫医睥睨着扬起吻颌，伸手准备解开头顶铜冠的系带，下颚的鲜红肉垂透露着他的愤怒。但对于眼前几个游猎民雌歌瓦而言，这表达生气的模样却显示着这雄蜥的娇艳欲滴。

跟在她们身边为数更多的雄歌瓦见到了巫医的模样，不安地挡在他们的妻主与巫医之间，喉部的肉垂也纷纷激动地充血。

"巫医，一切早已安排妥当，苍生海的意志我们又岂敢不闻不问？你说吧，我们会一个字也不漏地说给族母听的！"一名挡在妻主身前的雄蜥扯开细细的喉咙回答。

"那你们就听清楚了……"巫医见到这几个雄歌瓦的态度，再度睥睨地笑了笑，将铜冠缓缓戴回颅顶，继续吩咐着来自潮水的箴言……

博尔兀提了柄渔叉，布满稻橙色鳞片的头颅从海穹庐底部出入口探出来，一丛鬣棘从她颅颈部延伸而出，由于许久未曾修理，长棘末梢略为弯垂，看起来犹如弯刀那么锐利。

"青鳞、费柴、察理，你们还没有跟咱们一起出过海吧？渔季就要到了，跟咱们出去见识见识吧！"她开朗地笑道。

"现在？"青鳞斜着头问，他回头与费柴、察理对望，尚未拿定主意。博尔兀却没给他们思考的时间，继续朗笑着说道："没错，这需要十多天，吃的和用的我让紫云帮你们准备好了，来吧，保证让你们永世难忘！快出来吧，族民们已经预备得差不多啦！一会儿紫云便来了，快准备！"

"这……博尔兀……"青鳞正欲开口，但博尔兀说完便又潜出海穹庐，头也不回地游远了。青鳞等也只能无可奈何地收拾行装。

他们一出海穹庐，紫云就已牵来两匹蛟龙，费柴骑上一匹，而青鳞与察理则共乘另一匹。紫云在水中摆着尾巴，操着怪腔怪调的通用语说道："苍生海的巫医卜出鱼群要来了，在夏天的大海西岸很是难得，费柴姊、青鳞哥，咱们要出海去了！"

"紫云，既然要去捕鱼，你怎么不骑蛟龙？"察理搔了搔头发，眨着奇异的上眼皮，眼睛上那人类特有的眉毛微微抽动，表情十分疑惑。

紫云注视着察理的头发，心中不禁暗自好奇，这几千根柔软的长毛对人类而言究竟有什么用处？顶着一头乱发，游起泳来阻力岂不是很大？走起路来岂不头重脚轻？自从结识察理之后，这些问题她想了许久，却始终寻不出答案。她索性摇摇头，试图把注意力放在眼前的事物上。

"……哦，察理哥，你刚刚那句话可不可以再说一遍？我听得不是很清楚……"她不自然地连眨了两次下眼皮，额间松果眼两侧的鳞片微微起伏，眼前的人类对于这些显露不安的姿态却视而不见，以为紫云真的没弄懂陆地话的意思，于是放慢了速度，仔细地再说一遍。

"哦，这鱼群多半在海里游，因此咱们要猎鱼时当然得待在水面下啦。跟打仗时比起来，捕鱼时水中需要更多的歌瓦才行哪！"

"为什么？"

"水底下要做的事情可多着呢！倘使族里需要很多鱼的话，光是驱逐鲨鱼、海豚之类的就需要好多歌瓦，必要时还得倚赖巫医的咒语和箴言。此外把鱼群驱赶到咱们埋伏的地方，也需要很多歌瓦才行……"紫云潜下去望了望后方，再浮出水面说道，"当然水面上的网子和小舟也是需要的，总之，水面上下得要合作无间才行，至于详情，我一时也说不清楚……我那几个鱿骑的伙伴已经轭好了他们的鱿鱼，就差我一个了，我得赶快去才行！"紫云又指着右方海面上道，"博尔兀族母率领的海骑和棚船队已经在那儿集结啦！费柴姐姐，你们顺着那方向去，就可以见到族母，我先潜啦！"说完紫云低身潜去，横甩出一条闪着紫光的尾巴，让末端扫过海面。青鳞他们顺着紫云所指方向望去，果然见到远处聚集着几十艘棚船、几千条蛟龙。游猎民拿着各种工具巡游海面上，她们身上仍配着弓箭武器，却多了许多额外装备。随着胯下蛟龙逐渐接近集结处，青鳞从游猎民腰间看到许多种不同的小网和特殊的工具，棚船上所放置的网更是样式各异，更复杂多样的器械也随处可见。

游猎民们彼此吆喝着，检查着手里的各种渔具。有个雄歌瓦仔细检查手中的一根长柄的杓状物，那长柄足足有他尾巴的十倍之长，也有许多雌歌瓦正点阅各处网目。此外，还有两百余名歌瓦的装扮与打仗时全然相同，没有任何渔具，应该是专门护卫的队伍。

"青鳞，来这里！"在那群护卫中，博尔兀披着鲎甲朝他们招手，在阳光照耀下，她的鳞片闪耀着金黄的色泽，颅颈的长棘已经长长地垂到臂膀后，紫色的眼珠里满是自信。

她的肩上披着鲎甲，胸膛上披挂着龟腹骨板，一些铜圈在颈上环绕，松果眼前镶着一枚翡翠，两束鸟羽从铜环朝后，以略高于长棘的方式延伸而出，棘鳞枪竖拿在她的左手。

一见到博尔兀这出乎意料的装扮，青鳞就惊呼："博尔兀，你怎么穿得这么……厚重？你打仗时也没穿什么铠甲，怎么捕个鱼却穿成这样子？"

"鱼群是咱们游猎民赖以维生的血肉，鱼群的灵魂是那么的神圣、那么的洁净，鱼群是苍生海、常熟天的恩赐与礼赞，身为一族之母，博尔兀要领导族民们领受这份恩惠，自然必须虔诚地穿上海洋母亲所喜爱的甲饰啦！哈哈……"

回话的并非博尔兀，浑厚的嗓音从博尔兀身旁传来——浑身蜡白鳞片、吻端到额顶却一片酒红的丹顶额图真骑着蛟龙大笑而出："哈哈，你们几个陆地上来的小家伙们也要一同来捕鱼呀？也好也好，就让你们见识见识海洋的宽广伟大。"

"额图真伯母……"青鳞等见到额图真健壮的身躯，不自然地压低了声音。

"好！好！你们这几个朋友对博尔兀的雌心霸业都很有帮助，将来她要成为单汗还得需要你们几个的力量哪！尤其察理，你是个人类商旅，擅长做生意，咱们游猎民虽然看不起钱这臭东西，不过同陆地打交道却也得靠这些破铜烂铁，博尔兀有了你这朋友替她精打细算，也可以少吃些坏心肠多兰的亏！哈哈……"额图真爽快地拍了拍察理的肩膀，锐利的指爪在强大臂力施压下刺入察理的手臂肌肉，察理心里直想辩解："我只不过是个还没历练过的商人之子。"不过一见到额图真圆额的蜥蜴脸孔，他的抗议却变成了唯唯诺诺地低着头答应。额图真又看了看青鳞，口中不住地赞道："你这小雄蜥倒也细鳞嫩肉的，手臂纤细苗条得像龙虾足，肉儿嫩得像新鲜的鳕鱼，这会儿要是赘给了博尔兀，混一混陆地上的血，说不定能让博尔兀生个蓝鳞片的小雌蜥，哈哈……"青鳞可一点儿也笑不出来，即使强悍如他，面对额图真也一筹莫展，只得垂着吻端，满脸不悦地望着海面。

"额图真伯母！"博尔兀情急之下连忙开口，"麻烦你四处走走，看看大伙儿到齐了没？顺道让护卫检查一下弓箭武器。我跟陆地上的朋友有几句话想说。"

"哦，博尔兀，那我就去传令啦！你也长话短说。"额图真带着笑容，神情诡异地骑着雷云离去。

"额图真伯母就是这样子，你们没吓着吧？"博尔兀摇摇头，继续说道，"不过正如她所说，我这身穿戴可是代表一族领受海洋母亲的眷顾，铜环与翡翠让我的松果眼不受杂念影响，而这满身甲胄全都献给沧海与穹天，我左手的这把棘鳞枪是同黄颔部作战时与栾缇哥那换来的战利品，用以献给苍生海；右手这面碍手碍脚的盾是玳瑁的壳，能保佑咱们不会错失鱼群与潮流。"

博尔兀举起右手那面盾，盾面十分光滑，龟壳上的纹路清晰而美丽。

"很好看呢！"察理称赞着，"在陆地上这能卖到好价钱的！"

"这也仅是还好而已，我五年前见到蓝帝汗的时候，她身上的那些缀饰可比我多多了！"

"蓝帝汗……就是差点杀死你、却导致你同栾缇哥那相识的那个雌歌瓦吗？……咦，博尔兀，怎么没见到鱿勒伯母呢？"

"嗯，正是蓝帝汗。鱿勒有事先到白葡萄岛去了，等渔季结束，她也就回到紫鲷部了。对了……那个……"博尔兀若有所思地颔首，而后紫眼珠闪着光辉说道，"青鳞、费柴、察理，虽然你们不说，但从你们不时眺望天边，不时眺望洋面上偶尔驶过船只的神情，我知道你们十分想念故乡，可惜因为发动这场战争，我族今年并不会随着其他部族朝北迁徙，再往东方到优格梭里所在的那个大陆；而如果我派遣小队护送你们，就怕被敌族给认出来……因此，我想了又想，咱们捕完鱼之后会到附近一座岛国白葡萄岛去，在那里送你们上岸的话，你们应该能够找到横越大洋的巨大商船。你们混在商旅里头，即使是由绿蟥部或赤瑁部部众担任船队的护卫，应该也不会发现你们。"

"博尔兀……"

"青鳞，你忘了我也是在优格梭里长大的吗？离开的第一年，我也十分想念那里呢！你们的乡愁，我又怎么可能不知道呢？青鳞、费柴、察理，海上的生活充满危险，要随时面对争斗和死亡，尤其是察理，我知道你一直很辛苦，很口渴，因为我们提炼的淡水永远不够。你们是我的朋友，因此我要你们平安，我不希望你们再受到部族纷争的连累，连一次也不要！"话说到此，博尔兀住了口，此刻她也不知该再说些什么，或许该说的也都说完了……

"但，博尔兀，难道你不想家吗？"沉吟半晌，青鳞忍不住脱口问道。

博尔兀眨了眨眼，抿着唇鳞，过了一会儿才叹了口气说道："我怀念优格梭里，那里是我长大的地方，是我和你们相遇的地方，可那里不是我的故乡，我的灵魂不属于那里。我血管里的血液和赤潮、海水一样的浓稠，我是皇鲟单汗的孙女，这是我不能逃避的命运，是我必须继承的家业。我们游猎民四海为乡，早已没有所谓的故乡了。优格梭里，我很想念那里的石子街道，怀念那个教我写字的学者，但是，我此生已经无缘再回到陆地上了，我……"

"博尔兀，可你不是兴高采烈地告诉过我，你是从苍生海掌中取回自己命运的浪客吗？"青鳞这句话脱口而出，博尔兀当场哑口无言。

"……是啊，我是浪客，从苍生海手里寻回了自己的命运，但，我同样背负着许多期许，而这期许……"博尔兀的话还没有说完，不远处再度传来了额图真浑厚的嗓音："博尔兀族母，四十五艘棚船、一千两百匹蛟龙、五百条巨鱿鱼、八百名雌歌瓦、一千五百名雄蜥，全都准备好了！护卫军的弯刀和鲨齿棒也都带在身上，巫医正在那座小屿上等着！"

"好！"博尔兀见额图真接近，忙眨着下眼皮示意，扯开喉咙，大声喊道，"额图真，吩咐下去！跟着我游，跟着……"博尔兀瞥见青鳞的瞬间陡然一停，然后继续道，"跟在我的后头，让巫医带我们去领受苍生海的恩惠！"额图真的嗓音回荡在海面上，激起一阵又一阵兴奋的呼喊。紫鲷部的族民即将前往渔场，她们期待着丰收，期待着温饱。而在这昂扬咆哮声当中，有个尖细而微弱的声音，却悄悄地、以谁也听不清楚的声调重复了声：

"期许……"

第三节
逆潮

茫茫大海。

放眼望去，分不清东南西北，辨不明太阳升起与落下的方向。

但无所不在的季风却为她们指引航向，在巫医的带领下，紫鲷部的游猎民向南游经一座又一座小屿，几天后她们再度进入热带海域，那里的海水蔚蓝而清澈，从水面上便能窥尽海中全貌。金色的阳光从海面上洒向海底，光影掠过各式各样的珊瑚，多种盖刺鱼、雀鲷匆忙地穿梭于珊瑚的丛枝间，辛勤而忙碌地啄食着礁岩上的海藻。

自水面俯瞰珊瑚礁，顿觉深不可测，先前紫云曾带青鳞他们探访过珊瑚礁几次，这缤纷的美景曾使他们震撼，但他们也见识过这热闹国度中暗藏的危险和杀机。白昼慵懒伏在海底酣睡的鲨鱼，夜晚却是凶恶的掠夺者，当它们疯狂地在礁岩间追逐、分食猎物时，整个珊瑚礁都能感受到它们尾巴摆动的力道；栖息在岩洞中的裸胸鱼，有力的双颚紧紧咬住猎物，使之毫无挣脱的希望；龙虾有着坚厚甲壳的保护，但面对聪颖章鱼八条柔软的腕足，也没有丝毫的招架余地。

游猎民的出猎队伍并未进入珊瑚礁，而是水平沿着珊瑚礁的边缘保持一段距离前进。向右望去，但见蓝绿色的海水流动，闪烁着犹若宝石般炫目的光彩。由远而近，海水的色泽自蓝绿到青绿、再从潮蓝转为深靛，到了蛟龙的正下方，则呈现着一种苍郁的黑蓝。偶尔有巨鱿鱼灰白的梭影拖着歌瓦从蛟龙腹下游过，几个拿着渔叉的雄歌瓦摆着尾巴，深浅不一地跟随在鱿骑后方。

忽然有一条巨鱿鱼向这里蹿了过来，那巨鱿鱼的梭形躯干就像把匕首斜插上来，两翼摆动的鱿鳍好似剑刃，眼看着即将冲出海面，却又在仅距海面不到一条尾巴的深度向深处折返，然而巨鱿上拴着的一捆绳索所拉动的歌瓦却因惯性接近海面，马鬃般的鬣犹如虎鲸背鳍般露出水面，旋即又踢腿摆尾,跟着巨鱿鱼回到洋面下。

不只青鳞与费柴,博尔兀也听见了这水波的骚动,转过头来却只见着一道紫影,便松口气笑笑:"紫云这小雌蜥的确灵活如瓶鼻海豚,但就是静不下来。"但青鳞却被这突如其来的场面震住了,这回他总算感受到水面下的刺客和鱿骑兵,要奇袭水面上的海骑有多么容易,难怪紫云曾告诉他:水面下才是游猎民战斗的决胜关键。

博尔兀心情愉快地四处查看着,她仿佛看见了什么,突然回过头来叫嚷道:"青鳞!你们看那儿!"他们顺着她的声音向右望去,在海面的珊瑚礁边缘,有好几条雄歌瓦大小的鲷形大鱼正慵懒地摆着尾巴游入珊瑚礁。

"那是鹦哥鱼,一种嘴巴很厉害的鱼,你看,就连坚硬的珊瑚礁也能被它们的嘴巴一口切断、嚼碎、咬掉!"那几条灰绿色的大鱼,正悠闲地低着头颅,朝珊瑚礁岩啄去,果然如博尔兀所说扬起一阵尘灰,等灰雾散去,再看礁石已缺了一角。青鳞不由得惊奇地问道:"博尔兀,这些鹦哥鱼也同棘冠海星一样以珊瑚为食吗?"

"不,鹦哥鱼吃的是附在礁石上的藻类,不过它们的嘴巴总是这么锐利,因此连咬掉的珊瑚礁也都一同吞了下去;棘冠海星只能吃掉珊瑚,却伤不了珊瑚的骨骼。咦?你怎知道棘冠海星的?"

"前些日子紫云常带我们去珊瑚礁游历,丑角鱼与海葵我已经司空见惯,但有一回却见到有着十六个腕足、腕足上长满长刺、约有手臂宽的扁平盘状怪物，正要扑向一丛珊瑚。紫云说棘冠海星专门以珊瑚为食，每趴到珊瑚上，就翻出胃来把珊瑚吃掉。它爬行过的珊瑚全都失去了光彩，只剩下一片惨白的枯骨……听说海星手腕上的刺有毒，即使是歌瓦碰到了它也不能幸免……"

"嗯，结果你看到了棘冠海星吃珊瑚的情景啰？"

"没有，紫云说过优雅而硕大的大法螺专吃棘冠海星，然而当时珊瑚附近却没有半只螺壳，我还焦急担心，可正当棘冠海星要翻出胃的时候，珊瑚丛里窜出一只鲜黄色的小虾，举起螯剪便朝海星发起攻击，逼得海星在断了几根管足后匆匆逃离……"青鳞回忆着脑海中的片段，兴奋地说着，"最好每丛珊瑚都有几只小虾子护卫，这样凶残可怕的棘冠海星就再也吃不了珊瑚啦！"

博尔兀抿着唇鳞微笑，然后摇头道："那可不行，棘冠海星吃不到珊瑚，岂不是都饿死了？"

"哼！这些美丽珊瑚的破坏者，满身毒刺又长得那么可怕，最好是全部死光算啦。"青鳞没好气地说道。

"这可万万使不得啊，青鳞。苍生海所孕育的一切，都必定有其深意，是整个海洋生生不息的滋养和补偿。它的模样再怎么可怕，再怎么对咱们有害，却也必定有其存在的道理。棘冠海星虽看来一无是处，但大法螺却得以此为食，要是它们死光了，大法螺岂不也得饿死？到时候咱们可就没号角可用啦。而且，棘冠海星的毒刺，可是巫医用以治病、甚至治疗毒伤的一种有用的药材。"

"哦，那……那些鹦哥鱼呢？我瞧它们比棘冠海星还要凶猛，它们只吃海藻，却破坏礁岩，对这个海洋又有什么贡献呢？"

"鹦哥鱼啊……"博尔兀意味深长地望着那几尾优哉游哉的大鱼，紫色眼眸柔和地望着青鳉，微微轻笑，"再过几天，等我们逆着洋流再游一阵子，你就能明白了。"

过了数日，她们绕过白葡萄岛国的东北角，再向东航行了半日，眼前出现了另一群有着洁净白色沙滩的岛屿。博尔兀下令在此度午，要大伙儿随处找些螺蚌虾蟹果腹，自己则亲自带着青鳉、费柴和察理上岸去采集野食。

"这种热带岛屿，林投果树等密林冠丛或者根部，多半藏着陆蟹或蟹穴，假如能找到的话，待会儿就有鲜甜的烤蟹肉吃啦……"博尔兀一面搜寻着近处可能的藏匿处，一边拎着手里的篓子说道，"许多陆蟹选在夜里活动，正午不容易捉到，不过我们还是试试看……对了，说到陆蟹，在东北方，距离这里十分遥远的一座被称为蓝潮岛的岛屿上，每年到了秋分那天，栖息在整座岛屿上的一种蓝背甲陆蟹，会几亿只同时从藏身处蜂拥而出，届时蓝色的螃蟹大军将会占满整个岛屿的地表。它们长途跋涉，源源不绝地到海岸去产卵，沿途海鸟和岛民的捕捉也抵挡不了它们前进的意志。你无法分辨蓝色究竟是海洋的蓝还是蓝背蟹的蓝，那情景壮观得无法想象，让你一辈子也忘不了，你会更动容于苍生之海的伟大创造……"博尔兀出神地回忆着，那是她刚从苍生海手里取回自己命运、从北极回到环珊礁岛旅程中的奇遇之一。在青鳞等的追问下，旅程中所有的点滴全数涌入了脑海，她忽然有了兴致，要跟青鳞他们分享她的经历。

"在这辽阔茫茫的海洋里，有着无数岛屿，如果海洋是黑夜，那么这些岛屿就是满天星斗。不论是否成群、是大是小，每一个岛屿都有着属于它的名字，属于它的居民，以及属于它的故事……"

青鳞琥珀色的双眸倒映着博尔兀的倒影，他一面抓蟹，一面听博尔兀诉说着一个又一个的故事……

图图雅加岛嶙峋的悬崖峭壁上有数十万对海鸟筑巢产卵，同时起飞的壮观景象就连掠食者也为之侧目；格华岛上瘦小的黑鳞片歌瓦部落如何使用吹箭与游猎民对抗；翡翠群岛里的翠木岛的山脉直达天际，犹如支撑着天空的巨大殿柱，旅航经此的鸟人漂泊者总爱绕着这条山脉盘旋，展示他们优雅的空中舞姿，常有雄雌漂泊者在此交羽；黑水岛近处的浅海充满着冒出热泉的海底火山，从水底下冒出的黑烟把近处的海水染得一片漆黑；胡吉剌岛的海岸竖立着巨大的棘头歌瓦石像，其歌瓦原住民每年举办一次"飞鳞"祭典，远游到近处的海底寻找悬挂着的鲨鱼卵鞘。

柔兰巴托，浪客的安息之岛，苍生之海割舍的岛屿，也是少数几个不受游猎民部族战乱侵扰的岛屿之一。当年博尔兀抵达这里，她随着海潮漂流的旅程也将近尾声。在把螺纹鲸角交给环珊礁岛的巫医们以前,她前往了神秘而禁忌的游猎民故乡……

"日暮岛。"博尔兀说道,"神圣的日暮岛,那里是苍生海、常熟天神灵深深的眷恋,是绿色的憧憬,绿色的气息,绿色的回忆。它的周围环绕着许多不稳定的洋流,礁岸边卷着漩涡,很是隐蔽。据说,这里是所有歌瓦的故乡,有着歌瓦们共同的'绿色的回忆'。"

"绿色的……回忆?"

"对,那是回忆。"博尔兀颔首,以虔诚的语调说道,"当我和伙伴的脚爪攀上那里的礁岸,汹涌的白浪侵袭了我的背。我持续前进,岛上的植物很少,多半是仙人掌之类的。动物却都十分特别,有三十五种雀鸟身体几乎全然相同,却因为食性差别而有着截然不同的嘴喙。还有几种巨大的象龟,背甲有我的尾巴那么长,四条腿粗壮如柱,它们专吃仙人掌。其中有种象龟嗜吃长得较高的仙人掌,因此脖子特别长,就连甲壳的前端都因此上翘配合抬高脖子……"博尔兀继续说着,她的眼神有些迷蒙,有些沉醉,只因为她即将要说的,是更亘古久远的共同回忆。

"最后,在充满日照的岛屿另一侧,我看到了名为'加拉巴戈'的海鬣蜥……"

"加拉巴戈?那不是……"不等费柴说完,博尔兀便抢着说道:"没错,那就是你们信仰的猁卢镨教里,所有歌瓦的守护母神加拉巴戈的名号,而领航的游猎民浪客朋友第一次告诉我这个名字的时候，我也有些震惊。"

"哦……游猎民管这种海鬣蜥叫加拉巴戈……然后呢？"察理思索着。

"在那一刹那，我哭了。"博尔兀幽幽叹道，"我哭了，因为我看见了母亲、父亲和列辈先祖，我看见了千万年前，自己原来的模样。"她摇摇头，继续说道，"它们结群成队，慵懒地排列在阳光照耀的崎岖礁岩上，浑圆的头颅上有着厚厚的唇鳞，黑色眼珠流露出淡然的目光。面对我这个外来者，它们只是不经意地眨一下眼，仿佛它们的眼睛已经看过从太古迄今、数千数万年的悠远岁月……

"我没有办法形容那种感动，虽然那是海鬣蜥，它们趴着而且鲁莽笨拙，它们的血是冷的，而我是温的，我们有太多不相似的地方，但是在那瞬间，我确确实实、明明白白地知道，加拉巴戈——海鬣蜥，就是我们先祖的样子……从见到了海鬣蜥的瞬间，我的眼睛，我的耳膜，我的呼吸，全都感受到了一种特别的……特别的感觉。我说不上来，或许……熟悉感弥漫全身，我看见的一草一木都似曾相识，额间的松果眼不时感受到阵阵光晕，那是陌生却又熟悉的感触；我见到一只候鸟，就明白了它曾飞翔游历的旅程；看见拱着背甲的象龟，就对它曾漫步驻足的地方，了然于心……"

青鳞思索着博尔兀的描述，禁不住问道："这异样的感触，是否神秘而清朗、真实又虚幻？"他忆起在英雌殿跟司祭学习的时候，曾听司祭提过的咒语。

"不，我在北极曾经领受过魔法与幻觉，但日暮岛上那异样的感觉并不一样。我的意识很清楚，情绪却说不出的激动，身体甚至在颤抖。在那座岛上，仿佛所有生物的感触都是共通而可以交流的——只要你愿意倾听……"博尔兀闭上了眼，仿佛试图再度唤起那种情绪。

"……我潜入象龟的记忆坡道，跟着它脑海中的模糊足印，越过一座座山丘，涉过条条溪沼，终于，在一片被仙人掌包围的、微枯泛黄细草蔓延而过的丘陵顶端，一群巨石矗立于我眼前。"博尔兀睁开了双眼，"那些石柱不十分庞大，但我站在石柱脚边，却感受到自己的渺小。那些彼此交错却又排列整齐的巨型石柱组成圆阵，天顶上的太阳无论到哪个角落，石群的阴影便随之移动，但却都不偏不倚地交会在相同的顶点，那是位于丘陵之外、由一百四十四块怪异礁石所组成的圆环，仿佛是种刻画日月星辰的单位，但……却又像在为我指引着什么似的。"

"指引着什么呢？"

"……迄今为止，我还是没有办法理解，但，或许那只是时辰单位而已，根本就没有指引着些什么。"博尔兀再度摇摇头，"在日暮岛上，所有知觉都变得很敏感，但有些感触并不属于知觉，而是衍生自内心的想法……"

"你怎能清楚分辨呢？那不是很困难吗？"费柴这时插嘴道。

"我就是知道！"博尔兀吼道。美好的回忆突然被打断，博尔兀语气中透露着不悦，直到因为朋友们的沉默而惊觉到自己的情绪失控，她才压抑语气，继续说道："当我回到南岸，当海鬣蜥的影子消失在我眼角尽头，我的知觉便再也无法融入岛上动物的记忆河流，然而我依旧猜测着那些阴影落点的作用，于是我知道，那不再是直觉，而是一种思考，一种从内心自然衍生的想法。"

"嗯………"之后是一阵尴尬的沉默，博尔兀领着他们拨开灌丛，在边缘生起了火。她们鼓着气猛吹，星火便噼里啪啦地奔窜着。她们用长夹掐着蟹的背甲两侧，放在火上烤，不一会儿螯和步足全都脱落光了，甲壳开始泛红，透出了香甜的气味。

"熟了！大家快吃吧。"博尔兀拨开一只方蟹的背腹甲，挖掉了羽鳃之后递给青鳞，又剥了两只紫圆轴蟹给费柴和察理。她们津津有味地啃着，又把蟹螯、步足等投入灰烬继续烘烤。

饱食后，她们吹着凉爽的风，望着海浪拍打着沙滩不断起伏，聆听着这永远回荡着的耳语，欣赏着这幅美景。青鳞情不自禁地喃喃说道："好美，好洁净的白色沙滩。"博尔兀听到这句话，便若有所思地起身走向浪潮。青鳞看见她弯腰，仿佛在捡拾什么，随即摆着尾巴从海边走了回来。她来到青鳞跟前，示意青鳞张手接，一掬洁白的沙砾便从她的指缝间泻出，落在青鳞布满蓝鳞的掌中。

"青鳞，这儿的沙砾洁白干净，很美，但你们可以瞧得更仔细些。"博尔兀又分了些给费柴和察理。

青鳉低头凝视这些白沙,突然惊讶地嚷道:"这些白沙,每一粒上头都有着漂亮的花纹呢!就好像是……"

"就像珊瑚礁石的样子,对吗?"博尔兀轻笑,"如果我说,这是巫医咒语的神秘力量导致,你们相信吗?"

察理摇摇头:"不,我不信咒语能有这么大的威力,能将这么多的珊瑚礁岩劈得粉碎,却又这么质地均匀。"

"那么,我要说的事情将会令你们吃惊的!青鳉,几天前你不是想知道,鹦哥鱼是珊瑚礁的破坏者,究竟对这个世界有什么贡献吗?答案就在你们的掌爪之中。"博尔兀悠然叹道,"这些洁白的珊瑚砂,就是跟着海藻被鹦哥鱼吞入肚子的珊瑚礁岩,它们被当作残渣排泄出来,随着海浪与潮水,一波波地汇聚在此,千百年后,就造就了这片美丽的沙滩;甚至,这座岛就是这样被堆筑起来的。"

"真的?"青鳉全然不相信。

"正是如此啊……苍生海所孕育的一切生命,都有其存在的必要,鹦哥鱼或许会破坏部分珊瑚礁,但它们却是这座岛屿的建造者,是岛上这些螃蟹、灌丛枝条得以生根的依赖。岛屿引来海潮,才有潮流和鱼群的造访。"博尔兀昂然眺望着海,赞叹着,"这才是海洋母亲的旨意,一切都早已被安排,一切都是冥冥中注定。水面下的生命表面上看似毫无关系,实际却像蛟龙的脊椎般一节扣着一节,只要你拔下了一块,其余的也就跟着散了。族里头的年迈母亲们就是这么教导小蜥的。巫医教导我们要敬畏这浑然天成的苍生之海！没有什么是可以分割、可以独立于茫茫苍生之外的，就连咱们游猎民也不例外。"

"真的？"青鳞不解地问。

"嗯。"博尔兀慎重地颔首，紫眼珠闪烁着光芒，说道，"青鳞，你知道我很久没说陆地话了，而且……就算我的通用语能恢复到以前的水平，恐怕我还是不能用话语来形容那真切的感觉。但，很快，等咱去到巫医指引的那片海域，你将亲身体会……我保证。"

数日的光阴便在青鳞双眼张阖间度过，炽阳与星夜在他橙黄的双眼中交替，直到紫鲷部的海骑和棚船都在海面上停了下来，水中的鱿骑和歌瓦也都浮出水面换气。

青鳞发现游猎民们都不约而同地凝视着正前方，不由得好奇地引颈观望。眼前的海面一如往常，波浪些微起伏着，并没有什么特别之处。但他嗅得到，原本就潮湿的海风里，还夹杂着股异样的不安气氛以及淡淡的腥味。

这时他才赫然惊觉，不知从何时起，头顶上的喧闹就没有停止过。他扬首，见到几十只不知名的海鸟正盘旋着，仿佛正在等待着什么……

博尔兀策着蛟龙来到青鳞身边，笑道："看清楚了吗？"顺着她指爪的方向，他再度聚焦于海平面。凝视着，不仅用眼睛看，不仅用松果眼感觉，更以整个心灵去感触……突然，青鳞惊讶地问道："海水的颜色在改变？"海水并非是一片蔚蓝。光影交错，海风卷起阵阵涟漪，起伏的波面偶然反射着刺眼的阳光，让近处海域泛着一片青亮，更近的海面则披着一袭幽静的靛蓝，忧郁而稳重。而在两种色泽明暗交会的模糊地带，海面下隐约呈现着些不仔细分辨便会被忽略的色泽——阴影中的灰蓝。

每当海风吹过，洋面跟着起舞的时候，这些灰蓝的形貌仿佛也随之改变。青鳞不禁眨了眨双眼，更专注地审视。他注意到灰蓝海域变动的频率与海风的节律不尽相同，即使是灰蓝本身也深浅不一，仿佛这是由成千上万个或稀疏，或紧密排列的灰点组成，偶尔几个点会靠近海面上，反射出几点银光。

"我想你应该有些明白了。"博尔兀笑了笑，便转过头去下令，"今年见着的第一批鱼群，大伙儿可以开始准备了！网和棚船都到该去的洋面上，水面下和水面上的歌瓦要合作无间才有得吃！"说罢，她一挥手。游猎民们不是策着蛟龙、驾着棚船往四处散去，便是几个一组拎着网子潜下水中，几条巨鱿鱼也拖着主子和更大的网向海中潜去。另外还有些游猎民反而像是要打仗似的，提着标枪四处巡游。

见到族民们散去之后，博尔兀回过头来，竖着颅颈上的长棘对三个朋友笑道："到海中来吧。"说罢便从蛟龙上纵身跃入水中，不由分说地把三个陆地朋友拖下水。

"喂！博尔兀，你这样子根本……"青鳞的话还没说完，就见博尔兀指了指海面下,然后就往下钻,他也只好跟着闭气潜水。没想到才破水而入,连串的白色气泡还在他眼前上飘之时,海里的景象却震撼了他的心灵。

那是雾还是云?

一片深色浓雾横亘在青鳞的眼前,几乎弥漫了他的视野,就像是大雷雨之前乌云密布的天空,几乎遮盖了整个海洋。只有靠近水面的地方,才隐隐闪动着水面上的亮光。

他很清楚,这片雾是有灵气的,活生生而迅捷有力的。那是鱼群,由数以千万计巴掌大的鱼儿们所汇聚而成的、充满着鲜活生命力的迁徙之潮。靠近些看,这些银白色的小鱼无不奋力地摆动尾鳍,一条接着一条不断向前游动着,或许是某个游猎民惊扰到它们,或许前进路途上碰到只革龟,它们不时急遽地改变游向,而且几万条同时一起进行却毫无差池,就好似这成万上亿的鱼群有着同样的意识,共享着它们的感官。

也许,它们根本就不分彼此、没有长幼尊卑,在这包含无数生灵的伟大意志中,你就是我,我就是你;在这包含无数生灵的伟大意志中,个体间的区别是不必要的也不存在。

但这也可能仅是青鳞的错觉,说不定这些鱼儿们有着专属的沟通方式,那是肉眼所无法察觉、松果眼所无从感触的细腻差异……青鳞震撼于鱼群的庞大之时,博尔兀摆着尾巴游过来,拉着他的手往鱼群方向游去。

青鳞想要挣脱,甚至还想破口叫骂,但唇鳞才微张,一串气泡跟着就从他的嘴角向上蹿，逼得他只好跟着博尔兀继续向鱼群前进。

果不出所料，周围的鱼儿一见到博尔兀，像是吃惊似的同时转向逃开了，划了个半月形之后再度回到前方的队伍中。但鱼群是如此庞大，漫长的队伍几乎看不见尽头，它们毫无畏惧地前进，以至于接下来的鱼群根本无暇对博尔兀等做出反应，它们甚至只把她们四个当作礁石，视若无睹地绕了过去，毫不影响整个鱼群的前进。

上、下、左、右、前、后，青鳞的周遭全都是鱼——数不尽的鱼。难得有这样的机会，于是他索性放松身躯阖上下眼皮，想象自己是片悬浮着的海藻，怡然自得地随着水波浮动。当他睁开双眼，鱼群恰好迎面游来，这时青鳞突然注意到，每一条鱼都像饿坏了似的张大嘴巴，拼命向前游，海水流过大嘴，再把鳃撑鼓后流出。莫非，这就是博尔兀曾经提过的，以嘴巴过滤看不见的食物的鲲鱼或鲱鱼？

正当他沉浸在与鱼群的亲密接触时，博尔兀却再度拉着他和费柴、察理的手离开，并且再一次惊吓了鱼群。

青鳞等三个意犹未尽，这美妙的经历被打断，他们自然略为不满地看向博尔兀，但这时博尔兀却指着鱼群后方，露出一副似笑非笑的异样神情。

于是青鳞转过头去，看见了远处有个纤瘦修长的蓝色身影迅速逼近，那条鱼有着比剑刃还要修长锐利的、高高耸立成帆状的背鳍。青鳞尚未会意过来，它的身形已一闪即逝，快如飞箭般地嵌入鱼群当中。

"伞旗鱼！"虽然只听过描述，但青鳞却瞬间就断定了这条不速之客的名字。

这一切来得那么突然，就在这一刹那，井然有序的鱼群就像散落的沙堆，瞬间失去了秩序。海中这阵黑雾顿时变得极其恐怖，形状变幻莫测。位于前方的鱼没有被攻击的危险，仍能维持着队形保持前进，但后方的鱼儿们却开始漫无目的地逃窜。只见伞旗鱼的剑吻在鱼群当中穿梭，就像把锐利的军刀切割着猎物。

大部分的鱼群逃脱了伞旗鱼的追逐，坚定地摆着尾巴追上远离的同伴，但仍有不少的鱼群受困于伞旗鱼闪电般的速度，被从鱼群中孤立出来——但它们的数目依然多得数不清。

被孤立出来的、惊慌失措的鱼群，紧张地以更紧密的方式集结，它们彼此靠得更近，并且开始绕着中心不断环游。于是残存的黑雾在海面下卷成巨大的漩涡，它们知道越靠近中央便越安全。伞旗鱼依旧保持高速，好整以暇地巡回在漩涡周围，如此便足以将一大群的鱼围困在无形的网中——偶尔有鱼冒险游出这团凝聚的漩涡，伞旗鱼便不费吹灰之力地追上这个落单者，饱食一顿；而如果没有鱼脱队，那么它便挺起长吻刺入漩涡。几经杀戮，它灰蓝色的身上开始显现出黄色的纵向条纹，蓝黄的鲜明色彩使伞旗鱼的身影显得更加夺目。

博尔兀知道，伞旗鱼因血腥与饱足正兴奋着，但它悠然自得的猎杀，却只能再维持一小段时间。对受困的鱼群而言，这阵杀戮仅仅只是个开始而已……因为从远处逼近的，不再是孤独的伞旗鱼……

青鳞见到一大群梭形的鱼出现在视野当中，它们约有大腿长，身形犹若扁平的橄榄，几枚背腹鳍就像钢钉竖立在体表，这些鱼的腹部有着平行的斜纹，尾巴纤细，尾鳍却宽大修长。比起伞旗鱼的暴躁迅速，这群掠食者拥有的则是一种沉稳、自信。数量是它们的优势。面对依然庞大的灰色漩涡，它们自下而上，从底层发动攻势，毫不犹豫地撞入漩涡，用自己的杀戮来扯裂鲱鱼群最后的团结，每当吞下一条小鱼，便回到底层重新发动突袭。

"这次是活泼的正鲣鱼。"博尔兀兴致盎然地看着鲣鱼群闯入鲱鱼漩涡，它们尽情地厮杀，丝毫没有给鲱鱼喘息的时间。有些歇斯底里的可怜猎物只好绝望地朝水面奔驰，暂时跃出水面试图逃避水底下的屠杀。

但是博尔兀明白，海面上闪耀着的银白色亮点，就是在天空盘旋已久的海鸟们等待多时的信号。海鸟们见到海面上翻腾的水花和银光，便将伸展的翅膀平贴着身躯，让自己像支箭似的朝海面俯冲，霎时间几十支"羽箭"纷纷破浪入海。鲣鱼群的攻势早让青鳞看得心惊胆战，没想到这时水面上却突然扩散出几圈涟漪，跟着海鸟的身影夹杂着大量泡沫也闯进了狩猎场。鲣鱼由下，海鸟从上，合而攻之的态势已让鲱鱼群丧失了仅有的秩序，漩涡眼见就要维持不住。

这个时刻，最晚抵达、却最残暴的掠食者们也加入抢食的行列，一群纺锤身形、蓝背白腹的大鱼，曳着背腹两列鲜黄的鳍，摆动着弯刀似的尾巴切开水流，勇猛地突入这混乱的战局。它们乍看之下与正鲣鱼有些类似，但却比鲣鱼足足大上好几倍，健硕的身躯连伞旗鱼都相形失色。

"黄鳍鲔！"博尔兀的紫眼睛发亮了，不仅因为这是仅次于黑鲔的上好鱼肉，而且黄鳍鲔胸甲的那巨大鳞片，那强壮有力的尾鳍和躯体都让她激动不已了！

她继续欣赏着黄鳍鲔对鲱鱼群的追猎，由正鲣、海鸟所构筑的攻势早已让鱼群几近溃散，而黄鳍鲔的来临则给予苟延残喘的鲱鱼们最致命的打击。当它们突入之后，灰色漩涡终于哄然散去，鲱鱼失去了最后的抵抗意志，漫无目的地在海洋中乱窜，却多半成了掠食者轻易获取的美食……掠食者们填饱了肚子后，慵懒地摆着尾巴离去了，博尔兀则带着几近失神的三个朋友回到蛟龙颈子上。

"依照巫医的吩咐，按着苍生海的旨意，这是第一批鱼群，是我们只能观望却不能猎捕的尊贵鱼群，因它们是未来渔获的母亲和向导，是我们赖以生存的所需。"博尔兀对青鳞等说道，"之后的第二批鱼，咱们可以让伞旗鱼成为哨兵，跟正鲣鱼同进退，一同追逐打捞鳀鱼或鲱鱼；等到了第三批鱼群的时候，就连鲣鱼和黄鳍鲔、甚至是最敏捷的伞旗鱼，都可以打到网里来，串在标枪上，成为海穹庐里搭配椰酒、招待贵客的鲜美食物。而在这之后，则依照先前的次序轮替，直到鱼群都离开了这个海域为止。"不久，海面下再度显现出灰蓝色的暗影，鱼群又来了。博尔兀一声令下，所有的海骑顿时全都屏气凝神，静候着海面下的变动。但这次伞旗鱼没有出现，正鲣鱼群直接追击而来，它们迂回着分进合击，疯狂地把鲱鱼群切割成许多大大小小不同的密集灰漩涡，而就在这个时刻，游猎民开始行动了！

水底下的巨鱿鱼在歌瓦们的指挥与协助下，巧妙地搭配着鲣鱼群驱赶着鱼群，她们拖着一张又一张网，从四面八方逐渐朝这些灰漩涡靠近，正鲣鱼追逐着鱼群，将它们逼向渔网，鱼群情急之下只得沿着渔网漫无边际地窜动。突然间它们察觉到自己已游入一个由交叉网所包围的空间内，身后还不断有同类涌入，拥挤不堪。

正鲣鱼仿佛拥有灵性，将鲱鱼驱赶到网目入口便不再深入，以免自身也随着猎物困入网内，偶尔会有歌瓦松开一组猎获较少的网，用里头的鲱鱼来酬谢鲣鱼群。

正鲣鱼又自下向上发动攻击，把许多鲱鱼逼近海面，这时巡回在海面上的海骑们便撒下网，将鲱鱼迎头罩上；另外还有两匹或更多蛟龙共轭着的大型拖网，从邻近海面的地方拖过，将里头的鱼一网打尽。

第三批鱼群来的时候，游猎民的网里多半已经装满鲱鱼，扎起网口挂在棚船边临时圈养着它们。游猎民们静静地看着正鲣鱼掠食，水面下卷起无数个大大小小的灰漩涡，却始终没有撒网的意思。

就在青鳞感到不同寻常时，一群黄鳍鲔堂而皇之地奔向鲱鱼群，毫不犹豫地展开厮杀。海骑们依旧没有动静,冷眼看着黄鳍鲔激烈地在鱼群中追逐厮杀,看着这些活力无穷的汪洋霸者逐渐陷入疯狂,而忽略了周围可能的危险。天上盘旋的候鸟见了海面上反射出的银色光点,却没有任何一只像羽箭般俯冲到海中加入厮杀,因为,海鸟们看见了蛟龙背上的海骑们那带着倒钩的标枪⋯⋯

果不其然,就在黄鳍鲔的攻势最激烈也最狂热时,紫鲷部的海骑出动了!她们来到鲱鱼群的正上方,仔细观察、凝视,当见到体型硕大的黄鳍鲔汹涌上蹿的身影时,便毫不犹豫地掷出手中的标枪!

一日的渔猎结束后,游猎民们仔细地清点网中的渔获,放走过小的鱼。

"博尔兀,既然鱼群那么庞大,看似取之不尽、用之不竭,何不多捕一些呢?眼睁睁地看着整群整群的鱼从眼前溜掉,岂不很可惜?"察理拨了拨湿卷的头发,掐着指头算了又算,"如果连第一批鱼也捕的话,你们可以有更多的渔获,就算吃不完,也可以卖到邻近的陆地港口,这样不是一举两得吗?"察理有着敏锐的商人嗅觉。

"你说得没错,如果不放过任何机会的话,我们将能捕到两倍以上的鱼。"博尔兀听了察理的话,眨了眨紫眼睛,又缓缓吸口气,才平静地叹道,"但正如你所说的,太多的鱼我们吃不完,如果要卖到陆地上的渔港,也得看陆地民族吃不吃这些鱼。对我们游猎民而言,在汪洋中谋生是如此不易,每条鱼、每片藻都是苍生海赐予的恩惠,那是我们必须珍惜而不能轻易浪费的,这是第一个原因。"博尔兀顿了顿,再度开口,"先祖先母们传下来的智慧俗谚有云:'赶尽杀绝的必将死于饥馑。'鱼群既是海洋母亲赐予我们的恩惠,就不是享用不尽的,每条母鱼的肚子里都藏着上百万颗卵,这些卵可能便是来年、甚至是数十年后鱼群的主干。苍生海孕育了万物生灵,鱼群自然也是她的子孙后代,是我们的姊妹表亲。海洋母亲信任咱们游猎民,因而把鱼群交由我们照管,以它们的血肉滋养我们,也同时教导着我们节制和敬畏……

"……失去母亲的部落不会有女嗣,断了根源的植茎无法开花,假使我们抓光了海里的鱼,将来我们的小蜥就要饿肚子。正如之前在珊瑚礁所见,无垠的沧海本是一体,万物相互依存,都有存活在世界上、被依赖、被需要的独一无二的特质。先族母们所立下的传统'网有六方开一面'、'渔获三季舍其一',渔网的网眼必须比指头宽,让正值年幼的鱼苗方能有机会茁壮;满腹鱼卵的母鱼不能食,鱼群的血脉才得以延续。唯有如此,洋流才能继续流动,空气才能继续对流,世上的一切才能维持和谐与平衡。万事万物的起伏消长虽有自然波动,但幅度也不至于过大。凶猛的潮水终将消退,涓涓细水却可能万年长流,而这,也正是巫医们念的苍生海祷文中'生生不息'的真意……"博尔兀说着说着,不知不觉已闭上了眼睛,平缓地舒了一口气。

"生生不息……"察理默念着这个句子,这是他第一次听到这个概念。商旅的生活只教他计算利害得失,买断卖断,来自汪洋蛮族的一句话,却令他突然领悟了陆地上几十载也可能无法参透的哲理。

青鳞也思考着博尔兀的这些话。这些没有文字的蛮族，在支配周围事物的方式上，却远比陆地上的同类来得含蓄而温和，这思想包含着游猎民对异文化、异民族的包容性。紫鲷部族民可以无视于双方信仰不同而和他们和平共处，可陆地上呢？北方密罗汀那些信奉一神教的人们，又是以什么残忍的方式对待所谓的"异教徒"呢？

夜里，游猎民们在水面上点燃火炬，吸引了大群驱光的鲭鱼入网；次日，游猎民在海面丢下鲱鱼，不费吹灰之力就骗取了大批鲣鱼。青鳞跟着博尔兀，日夜见识各种游猎民的捕鱼方式，除了增广见闻之外，他的视野也逐渐开阔。

二十多天的渔季里，紫鲷部一共更替了三次捕鱼人员，直到有一天，海水的颜色回归幽深的苍蓝，不再有大批鱼群涌入，她们知道这季节性的渔季已经结束。于是博尔兀让大伙儿打点行装，由紫云和巫医领着半数族民先行回到海穹庐驻扎的海域，自己则伙同其余族民护送青鳞、费柴、察理这三位朋友到西方大陆的海港近郊，计划偷渡上岸，之后再由察理以商旅的身份出面处理搭船返乡的事宜……

剩余的相处时间不多了，博尔兀与青鳞等却有默契地刻意忽视这事，她们骑着蛟龙谈笑风生，就像当年博尔兀还没离开优格梭里一样。偶尔与博尔兀视线交会的刹那，青鳞总觉得她眼里似乎还隐藏着不舍。每当在深夜、在不知名的小岛海滩上，海浪起伏的声音不绝于耳，青鳞总禁不住想起这件事，即使自己真的很怀念故乡，而且一开始的时候恨不得马上离开这可憎的海洋，但百多天的日子过去，他对海洋的观点也在改变。他也分不清，这是因为习惯了还是依恋？

终究，离别的时刻还是来临了。

天亮之前，趁着退潮的短暂片刻，在满布礁岩的不知名岸边，博尔兀与她的族民载着青鳞等悄悄靠岸。她冒着被疯狗浪掀倒而在锐利礁岩碰得头破血流的危险，陪着朋友们攀上岩石，终于来到地势平坦的安全地带。

顶着黎明的微凉海风，博尔兀与他们一一道别。她紫色的眼珠眨了又眨，鼻孔边缘的细鳞稍有起伏，深吸了一口气，望着天说道："还记得七年前，你们替我送行时的情景吗？"她咧着一口长牙，哑然笑了笑，"你们为我准备的匕首、银叉以及这只陶笛，我无时无刻不带在身边。"她拎起了颈子上的陶笛。

"今日我成了游猎民的一族之母，是陆地上恐惧的存在，是凶残的海盗。基于某些考虑，我不能给你们什么，哪怕是一柄防身用的匕首，但是你们永远是我的朋友。我的弯刀、我族民的弓箭，绝对不会侵犯你们的故乡——也曾经是我的故乡，可能的话，我也将竭力阻止其他部族侵扰优格梭里，这是我作为一族之母，日后将竭力完成的诺言，也是作为一个朋友，略尽自己的绵薄之力。"博尔兀以通用语说道。

"谢谢你，博尔兀。"察理微笑道，"你已经给我们最大的礼物和祝福了，这段海上生活将成为我们不可磨灭的精彩回忆，假使有一天，我成了首商巨富，一定找个诗人把你的事迹记述下来流传后世。"

"谢谢你，察理。"

"那么……"博尔兀睁着紫色的眼珠凝望着青鳞，郑重其事地说道，"再见了！"

"再见……博尔兀。"青鳞那琥珀色的眼珠里，同样凝聚着不舍，但他还是强压下这股情绪，爽朗地笑道，"你的年纪也不小了，过几年一定要赘几个俊俏的雄蜥，生几只紫眼珠的小婴蜥哪！"

"嗯。"她颔首，抿着唇鳞无声地又笑了笑。

"那么……我得……"正当博尔兀准备转身时，一阵突如其来的熟悉嗓音打断了她的话。

"……族母，博尔兀族母！战争就要开始啦！"博尔兀一听见这句话神色立变，颅颈上的鬃棘瞬间全竖了起来。这气喘吁吁的声音却又继续喊道："鱿勒这次到白葡萄岛去打探，收获颇丰，加上额图真的谋划，战争确定是要爆发啦。只要协助白葡萄岛击退巴伦提法典帝国的舰队，往后咱们也就打通了一条同陆地上贸易的通道啦。啊，青鳞哥哥，费柴姊姊，你们还没走啊？"这时说话的歌瓦总算从沿岸礁石上露出了身影，那是个年轻的小雌蜥，一身黄鳞片上绽放着紫色霞彩，颅颈上没有长棘，却长着马鬃般的鬃。博尔兀不悦地回头确认，这莽撞的雌歌瓦正是紫云。

"混账！我不是吩咐过下面那些护卫，在我下去之前别让任何族民上来吗？"博尔兀怒喝道，"紫云！跟你说过多少次了，讲话别这么嚷嚷，有什么秘密都让敌族听去了！"一股凛冽的怒意环绕在博尔兀松果眼周围，她的瞳孔缩得犹如针尖。

"对不起，族母……对不起……"紫云吓得哆嗦求饶，一面偷偷望着青鳞他们。

"战争？"青鳞瞧见紫云的神态，又看见了博尔兀的怒意，于是小心翼翼地试探，"博尔兀，什么战争？我怎么都没听你提过？"

"青鳞，这战争……反正不干你们的事情，趁着巡哨的警士还没来，快到陆地上去吧！要是被发现可就糟了。"她催促着，但青鳞一眼就看出她在推托。

"喂！博尔兀，枉费我们三个刚刚还被你的祝福感动得差点掉下泪来！你怎么可以这样，有战争竟然不告诉我们，还当不当我们是朋友啊？"这时青鳞颅颈上的长棘也伴怒地竖了几来，他左手叉着腰，右手抠着喉间亮丽的橘色肉垂，嘴里吐出锋利的言语。

"我……我……"博尔兀急欲辩解，却支支吾吾。

"我什么我？还不赶快说来听听！真是不够意思，这么多年的朋友白做啦！"

"我总不能让我的好朋友们跟着我一起去冒战争的风险吧？"

"是吗？博尔兀，你这么想就太见外啦！"青鳞愤愤不平地转头问道，"费柴、察理，我问你们，咱们是不是还欠博尔兀一条命？"

"是啊，博尔兀，上次你为了我们三个掀起一场战争。我们无缘无故给你添了这么多麻烦，还让你损失了那么多族民部属，你提都不提一声；现在战争来了，你反而还要把咱们报恩的机会给送走。你是不是要咱们三个下半辈子都惦记着你的恩情才甘心哪？这样子太奸诈了！这种不公平的交易，不成！不成！"察理摇着手正色道。

"察理说得对，博尔兀，你怎么知道咱们三个没办法替你打仗杀敌？难道你看不起我们三个陆地上的朋友？哼哼！你没试过怎么知道我们的厉害？"费柴也跟着胡诌一番。

"我……"

"况且，我不得不说，博尔兀，你当一个族母实在不懂得惜才哪！就要打仗了，你的身边有一个陆地上的铁匠在，打造保养武器不就省事多了吗？"察理指着费柴，费柴也诚挚地挺身而出："博尔兀，坦白说，我欠你太多，如果这场战争我不能替你打仗，那么至少让我替你或者你的海骑们打些武器，让我陆地铁匠的手艺能够稍微显露一下吧。"

"这……你们……"

"这什么这？博尔兀，你是堂堂一族之母啊，怎么讲起话来突然扭扭捏捏的，这怎么行哪？"青鳞好气又好笑地补上一句。

"好吧。"博尔兀抿了抿唇鳞，转过头去对紫云说道，"你先下去，没我的命令不准再上来，否则割下你的尾巴来见我！"然后，博尔兀面对挚友们，以低沉的声音正色问道："青鳞、费柴、察理，战争很危险，稍不留意便会送了性命，纵然我是一族之母，也无法保障你们的安全。"她顿了顿又说，"即使如此，你们还是坚持要陪我经历这场战争？"她的目光如炬，盯着青鳞琥珀色的秀丽大眼。

"我愿意，博尔兀。"青鳞避开了博尔兀的视线，低头说道。

"嗯，我坚持不让你做赔本生意，否则往后可给人笑掉大牙，说我无奸不成商啰。"察理摸了摸长满胡子的下巴，豪迈地笑道，"说不定我根本不适合当商旅，做个没鳞片没尾巴的海盗还像样些呢！"

"博尔兀，没什么好说的！要多少弯刀、箭镞，你就尽管开口吧，只要拿材料给我，我保证让你满意。"费柴伸了伸手臂，凑近博尔兀耳旁补充了一句，"要是让我家族的大嬷嬷知道我这身打铁功夫已经大半年没练过，肯定会把我关在屋外陪石化蜥蜴一起受冻……我多少得练习练习……"

"哦……"博尔兀望着三位好友，一度激动得不知该如何表示，不过她立即恢复了族母自信的神态，肃然说道，"那么，从今以后，你们便不再是我的贵客，而是我的至亲挚友了……朋友们，我必须承认，我真的很高兴。但我必须声明在先，我不愿意见到你们受到伤害。"她又低声地说，"谢谢你们。"

这时东方海面上隐约透出了一线光亮，博尔兀向来孤独寂寞的心，也终于见识到第一道黎明的曙光……

附录一
海洋游猎民的水面坐骑：
蛟龙

蛟龙是一种海生爬虫纲的总称，包含了蜥形纲、阔弓亚纲、鳍龙类底下的十四个现生种，海洋游猎民所称的蛟龙正式学名为棘背蜃龙，推测其与已灭绝的沧龙科海生爬虫有亲缘关系。

蛟龙是一种纯海生爬虫动物，终生栖息在亚温带至热带海域。它们的身长介于 8~12 标准尺之间，在同科动物中算不上巨大。一般来说，雄性个体略大于雌性。在鳞片色泽上，依据栖息海域的差别，从灰褐、橄榄绿、泥灰到灰蓝，呈现地区性的连续分布。通常情况下，栖息在热带海域的蛟龙，其鳞片色泽会比栖息在较高纬度的同种的鲜艳，但成年个体的体型也相对娇小。

蛟龙的头部呈侧扁的纺锤状，口里布满拇指大小的牙齿，其下颚表皮经过特化，延伸出一个骨质化的锥状突起，这个头部特征背离了它们可能的近亲——典型沧龙科动物方形的头颅构造。古生物行为学家的研究指出，这可能与它们的祖先群类所选择的、一种特殊食性的独立演化道路有关。研究人员有计划地标定出全世界各地菊石类头足纲动物的分布地点与蛟龙类的栖息海域，统计结果显示，两者的分布情况呈现明显的正相关。行为学家也常能观察到这样的情景：蛟龙巧妙地衔起菊石并上抛，趁着菊石落下之时，以下颚的锥状突起顶住菊石壳盖，并朝坚硬的岩石猛烈冲撞，待菊石壳碎裂后大口咀嚼。虽然我们仍能偶尔见到蛟龙捕食鱼群的景象，但相比食鱼性沧龙更具爆发性的肌肉潜能，行动稍迟缓的蛟龙似乎更喜好追捕不需费力的菊石作为主食。

或许正是由于这种食性上的差异，造成了蛟龙类与沧龙科动物在演化路途上分道扬镳，也造就了它们奇异的体型。相比较于寻常沧龙，蛟龙类不仅在背部演化出高耸的鳍状背棘，同时四肢末端也尚未完全特化为桨状，而是带着蹼的趾头。它们的尾巴呈带状而非寻常沧龙的尾鳍状，更适于进行慵懒地左右摆动，这些明显的外在特征再次证明了蛟龙截然不同的生活方式。

终其一生，蛟龙都生活在温暖的海面，它们的闭气时间短暂，甚至没有寻常歌瓦的闭气时间长；它们总是优哉地将身体背侧与鼻孔露出海面，缓缓摆动带状的长尾巴推动前进，不像鲸、豚类采取上下颠簸的跃进式泳姿，而是始终平稳地维持身躯在海面下方。这种泳姿很适合游猎民的歌瓦祖先对于海面上载具牲畜的需求，加上它们无法闭气过久，也无法深潜至深海躲避追捕，使得它们相较其他物种更容易被海洋游猎民捕获。不挑食的特性更使得它们很容易便被驯养，因此，它们便成了海洋游猎民生活中不可缺少的伴侣之一。

雄蛟龙需八年、雌蛟龙需六年才能成熟，交配后受精卵会储纳于雌蛟龙的泄殖腔一个特化的腔室发育。与鱼龙科相同，它们已经演化出胎生的生殖方式，每胎产下 2~8 只小蛟龙。在分娩时，幼生蛟龙的尾巴先离开母体，头部最后离开，在产出后的一分钟之内，幼蛟龙必须自主游至海面呼吸，否则便会窒息而死。

在游猎民部落中出生、成长的驯化蛟龙，在渔获量较丰富的时节，也经常能够获得新鲜鱼类作为蛋白质来源，鱼肉所蕴含的高量动物性蛋白质，能够提供更多的营养，因而在游猎民部落中诞生的蛟龙，往往只需要十二年到十四年便能够达到性成熟，并顺利繁衍下一代。

　　一般而言，野生蛟龙的寿命约在五十年左右，但在游猎民部落饲养环境下，也偶尔可见寿命长达八十年以上的个体存在。

附录二
海洋游猎民的水中牲畜：
巨鱿鱼

巨鱿鱼是海洋游猎民在水下最重要的牲口。由于世界各海域的生态状况不尽相同，造成了各地的海洋游猎民驯服的巨鱿鱼类别不尽相同的现象。根据统计数据显示，曾经由游猎民驯养并奴役的巨鱿鱼种类多达三十八种。它们全都隶属于软体动物门头足纲底下的平滑吸盘鱿鱼属的成员。

头足纲的成员包含了乌贼、鱿鱼、章鱼以及鹦鹉螺等，是软体动物门里最敏捷、睿智、狡诈的一群。与螺类、双壳蚌这类传统的软体动物相比较，头足纲在许多方面都具有显著的优越性。它们的碳酸钙质骨骼退化或消失，行动迅速，并且以快速的喷射水流取代缓慢的纤毛作为运动机制。此外，与几乎没有脑袋的双瓣纲相比较，头足纲动物的头化现象与神经系统已臻至完美，几乎与哺乳动物的脑部不分上下，此外，它们亦是无脊椎动物里头少数拥有高效率闭锁式循环系统的成员，其聪颖而记忆良好的特性，更能轻易理解巫医的箴言，因而也成为海洋游猎民生活不可或缺的伙伴。除了作为载具与牲口用的巨鱿鱼之外，用以夜间照明及信号识别用的荧烛乌贼也是海上生活的必需品，从各类头足动物墨囊所浓缩的黑墨，更是与陆地交易作为书写材料以及争战之时遁身逃匿的利器。

碍于篇幅，本文挑选最为熟知的栾缇氏巨鱿鱼来做介绍。巨鱿鱼的全长约介于4~7标准尺之间，梭形的头部通常约占去体长的一半，在梭形头部的尖端左右对生着各一片鳍翼用以辅助游泳。梭形的身躯构成外套膜,所有重要的脏器,包括心脏、羽鳃、肾都位于其内。外套膜由外侧的环形肌肉与内部的纵向肌肉构成,每当环形肌肉舒张,外部海水便大量涌进,当环形肌肉收缩,便能将这些水流挤压,借由底部的水管排泄到体外,而内侧的纵向肌肉则可用以控制水管的方向来调整巨鱿鱼身体的姿态与移动方式。巨鱿鱼喷射水流的力道十分巨大,可使巨鱿鱼瞬间达到每秒钟8标准尺的速率,轻装迅捷的鱿骑兵,便是借着巨鱿鱼强大的喷射推力来巡行的。

它们体内的一对羽鳃主要负责交换外界气体,头足动物除了主要的心脏之外,在两瓣羽鳃的末端还各长着一颗辅助心脏,能够将羽鳃的充氧血迅速带入闭锁循环系统内供身体各处使用。

栾缇氏巨鱿鱼的神经系统也异常发达,它们的神经管已俨然进化成具有八个脑叶的大脑,并演化出与哺乳动物类似的眼球结构,具有视网膜与水晶体的眼睛,成像的能力丝毫不比哺乳动物逊色。分布于它们体内的巨型轴突直径较一般神经更粗,能够更迅速地传递从脑部发出的、模拟转数字、再由数字转模拟的神经信号,使得它们在行动上更加灵活迅速。

由于巨鱿鱼对声波没有反应,因此它们的沟通主要借由视觉进行,在它们的体表布满了好几层具有收缩力的色素细胞,它们由反射细胞所控制,其收缩与舒张能在体表造成各种颜色的变化与明暗的斑纹、图案。它们的沟通方式与众不同而多彩多姿。

巨鱿鱼鸟喙状的嘴位于头部底端,锐利无比,能够切割各种坚硬的组织结构,在嘴的周遭则延伸出四对腕与一对具有伸缩能力的触手。它们恶名昭彰的枪乌贼远亲的腕与触手上都分布着大量吸盘,吸盘上还长满了利齿,只要一被吸住势必血肉模糊。然而,栾缇氏巨鱿鱼所属的平滑吸盘鱿鱼属,虽然体形同样庞大,腕上吸盘里的牙齿却较为细致而不会咬得饲主皮开肉绽。巨鱿鱼的触手能够在千分之七十秒的速度之内迅速伸缩,令被捕食的鱼类避之不及,顶端则同样具有利齿环布的特化吸盘,是它们最有效的猎杀工具。

栾缇氏巨鱿鱼的脑不仅能够分辨物体的颜色、形状、大小,而且也拥有相当程度的记忆力,以及相对应的各种情绪,这使得它们能够充分理解海洋游猎民的指令,也能轻易被巫医的箴言以及松果眼所发出的强烈闪光所操控,因而成为海洋游猎民生活中不可或缺的一部分。

即使游猎民部族驯养巨鱿鱼的历史已经可以上溯到无法用文字记载的时期,但是迄今为止,仍然没有游猎民能够成功地在养殖条件下繁殖巨鱿鱼。每年冬至前后,最大最圆的黄月满月之夜,数以百万计的野生巨鱿鱼将在它们选定的海域举行繁殖仪式,雌性巨鱿鱼产下成串螺旋排列、状似香蕉的橙黄色卵鞘之后便会死亡,而早在一旁等候多时的游猎民巫医则会在此刻挑选相当数量的卵鞘加以照顾,这段时间内巫医们将与世隔绝地驻留在巨鱿鱼的产卵场,直到卵鞘里的幼体孵化,最后成长为鱿鱼为止。

巨鱿鱼的生长十分迅速,无论野生品系或者部族驯养的个体,都能够在两年之内达到性成熟,然而,它们的寿命却出乎意料的短,即使由游猎民所饲养的个体不会因交配而筋疲力尽身故,也仅能存活五到八年,最长者也不会超过十年。因此为了能够延续部族里的巨鱿鱼数量,每年冬季巫医们都必须冒着寒冷前往温带海域采收巨鱿鱼幼苗。也有部分游猎民部族遵循着它们的海洋伙伴的天性,有着"三年放"的习俗——在驯养巨鱿鱼的第三年冬天释放这些牲畜,令它们随着巫医回到产卵场繁殖,完成生命的循环。

附录三
海洋游猎民的海中居处：
海穹庐

海穹庐，美丽的幻想，碧莹的幽梦。

这是海洋游猎民最为仰赖的三种海生物种当中，唯一不是以活体形态被奴役的种类。在分类学上，海穹庐隶属于刺胞动物门之下的钵水母纲，是一种行动十分迟缓的巨大物种。

如同一般的钵水母纲种类，海穹庐有着格外漫长的生活史：当雄雌性的成体分别释放出精子与卵子并结合成受精卵之后，首先会发育为具有纤毛的游动性幼虫。当幼虫寻找到适合发育的地点(通常是有洋流经过的砂质海底)之后，便会固着下来而发展成类似水螅状的水螅体，利用触手上的刺胞捕捉浮游生物为食。在水螅体的形态持续成长将近五十年的时间后，将达到约有 3 标准尺直径，2 标准尺的高度。

紧接着，整株水螅体的外观将会明显改变，裂解成层层叠叠的塔状构造，由上而下地、每一层将个别游离出来，进而衍生出触须与各种构造而成为一个钵状的水母体，我们所熟知的海穹庐，便是在这个时候成形的。

海穹庐生活在遍布大型褐藻类的浅海湾，与我们所熟知的水母形态不同之处在于，它们以倒立的姿态停在海床上，借着消化体内的共生藻获取养分。它们拨动的频率缓慢，但因为触须上具有麻痹性的刺细胞，因而没有鱼胆敢招惹它们。三十年之间，它们的直径逐渐由 3 标准尺增加到 10 标准尺以上，并随着存活时间而逐渐增加。

海洋游猎民看中它们特别厚实而具有弹性的中胶层，以及连接着口部、体积的庞大的消化腔肠，于是她们先将海穹庐翻过来将口部朝下，并从口内灌注大量气体进入腔肠，无法再行消化的海穹庐失去了营养来源，通常会在这个阶段死亡。待腔肠内聚集了相当程度的空气而具有了一定程度的浮力之后，游猎民们便会在海穹庐口部钉上拴绳，将一具锚石拴在口部正下方以平衡重心。

接下来，游猎民巫医会将一种现已失传的防腐液涂抹在海穹庐身上各处，使其不易腐化、崩解。这个固定的步骤非常重要，务求仔细检查是否不小心疏漏了任何部分，哪怕是指尖大的面积，都有可能造成整顶海穹庐浸水灭顶。

至此为止，海穹庐大抵上已经可供歌瓦们居住，从前它们消化共生藻与浮游生物的消化腔肠，现在灌注了气体成为游猎民安居的庇护场所。而即使海穹庐本体死亡了，其体内的共生藻并不会全然死去，有少部分将会存活下来并渗入中胶层吸收歌瓦呼吸出的二氧化碳进行光合作用，所合成的氧气则将渗透进入游猎民的居住区，形成一个闭锁的碳循环系统。然而，这种循环无法维持长久，共生藻的光合作用虽能够暂缓二氧化碳的堆积，但约每隔一季左右，海穹庐内部便会因堆积太多二氧化碳这种温室效应的气体而显得既潮湿又闷热，这时游猎民们只好大费周章地卸下锚石，将海穹庐整顶翻过来排气，再重新灌注空气，为时约三天。

此外，半透明海穹庐壁上的共生藻也以相当缓慢的速度消耗、吸收海穹庐中胶层所含的物质，经年累月的消磨，将导致海穹庐壁减薄到无法支撑内部气压而裂解的程度，这个过程快则三年，慢则十年，但终究会发生，届时游猎民们只好再重新制作一项全新的海穹庐。

假使制作海穹庐的过程失败，那么制作海穹庐的歌瓦家庭将会大张旗鼓地邀请亲朋好友前来共襄盛举，取出弯刀切割海穹庐，食用它富含胶质的中胶层。近岸居民看见海洋游猎民的这项习俗，也跟着效法，但所用的水母种类较小，而烹调的方式也为了符合陆地民族的胃口而加以改良，最后便成了"海蜇皮"这道清凉的小菜。

附录四
海洋游猎民的迁徙阵列

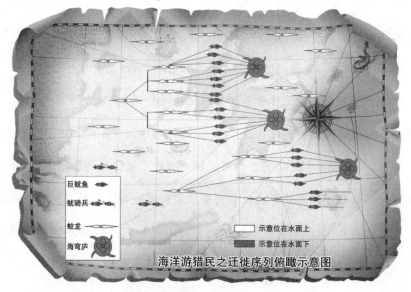

巨鱿鱼
鱿骑兵
蛟龙
海穹庐

示意位在水面上
示意位在水面下

海洋游猎民之迁徙序列俯瞰示意图

海洋游猎民之部族迁徙多遵循下列模式：以家族为单位，每个家庭由雌性家长骑乘一匹蛟龙在海面上领头，而后借由绳索牵动更多蛟龙，而蛟龙后方则牵动着巨鱿鱼，最后再由巨鱿鱼拖动海穹庐。进行迁徙时，会有骑乘蛟龙的轻装海骑以及水面下的鱿骑兵散布在迁徙阵列周遭担当护卫。

后　记

赵国珍

海穹英雌传

培植中国科幻文学的新生创作力量
攫拔先锋和新锐作家
鼓励题材和手法创新

苍生之海

如果说传统文学是对历史的现实的观照的话,那么,科幻文学则更是一种对未知的未来的观照。

从上个世纪初梁启超翻译凡尔纳的《十五小豪杰》始,到今天刘慈欣的《三体》三部曲被翻译成多种文字走向世界,一百年来,科幻文学在中国经历了从引进到输出的轮回。这一轮回,既是科幻文学这一文类形成与发展的必要过程,也预示着中国的科幻文学开始独立和走向成熟。应该说,中国人的生活中,不能没有科幻文学;而世界科幻大家族中,也不能缺失中国的身影。那么,现在的问题是,目前的中国科幻文学到底是一个什么状态,它有什么样的作家群体,创作了什么样的作品,发展到了什么程度,恐怕仍然不为许多人知晓。现在,大家手头的"沸点"科幻丛书,就是想解决这个问题,就是想回答正在进行时的中国科幻文学"是什么"和"怎么样"的问题，就是想为了解和研究中国科幻文学创作现状的人们提供一个"典型性"文本。

记得在2010年我担任《科幻大王》主编时，曾经向刘慈欣约稿，他向我表达的观点是他们这一代人在中国科幻文学的发展过程中，相较于前辈作家来说，只能算是个新生代，而正在出现并将逐步引领风骚的更生代作家已经崭露头角。他如数家珍，热情地为我推荐了一长串名单，并且说这些人才是中国科幻文学的未来。这其中固然有大刘惯常的谦逊和低调，但如果冷静分析，他之所述，的确也是一种客观现实。因为放眼全国科幻界，国内第一个职业科幻作家兼科幻产业开发者郑军、具有阿西莫夫之风的上海女作家陈茜、文风刚柔并济的北京女作家凌晨、台湾科幻、科普两栖作家李伍薰、具有鲜明创作个性和风格的陈楸帆、飞氘、江波、夏笳——纷至沓来，源源不绝的创作人才，正是长江后浪推前浪、科幻代有人才出的现实写照啊！

当然，成熟的文学类别是以稳定的作家队伍、稳定的作品形态、稳定的读者人群和稳定的社会反应为标准、为标志的，以此来客观而冷静地观照当今的中国科幻文学，其作家队伍、作品形态、社会认可等固有元素，应该说距离成熟和独立的文学类别还是有一定差距的。但我们也应该看到，传统文学已经拥有三千年以上的历史，而科幻文学如果以公认的玛丽·雪莱的《弗兰肯斯坦》为诞生标志，至今还不到二百年的历史。以二百年的发展过程，能达到今天这样的发展程度，在西方许多国家甚至发展成为主流文类和主流产业，科幻文学旺盛的生命力、强劲的感染力和充沛的发展力，的确令人振奋。虽然说，中国科幻文学的发展与繁荣之路还很长，但我们对未来的发展充满信心，也将倾尽全力做出我们的贡献。

山西出版传媒集团希望出版社的"点点"科幻百部原创出版工程,同时推出"奇点""沸点""极点""起点"四套科幻系列丛书,就是希望通过努力,培植中国科幻文学的新生创作力量,擢拔先锋和新锐作家,鼓励题材和手法创新,保护科幻文学创作者的灿烂思维和先锋尝试,保证科幻文学创作的持续健康发展,以更好地满足读者的梦幻体验和阅读快感。这其中既有振兴中国科幻文学的责任感,也有繁荣祖国文化事业的使命感。

　　但愿我们能够做得更好,能够让我们赖以生存和发展的作者、读者更加满意。